AF603893

Contemporánea

Sylvia Aguilar Zéleny (Sonora, México, 1973). Licenciada en Letras por la Universidad de Sonora. Es maestra en Estudios Humanísticos por el ITESM y maestra en Escritura Creativa por la Universidad de Texas, donde actualmente es profesora asistente. Ha sido becaria del Fondo Estatal y del Fondo Nacional para la Cultura y las Artes en narrativa. Entre sus libros destacan *Una no habla de esto* (Tierra Adentro, 2008), *Nenitas* (Premio Regional de Cuento Ciudad de la Paz, 2013), *Todo Eso Es Yo* (Premio Nacional de Novela Tamaulipas, 2015), *The Everything I Have Lost* (Cinco Puntos Press, 2020) y *El Libro de Aisha* (Mapa de las Lenguas, Random House, 2021). Parte de su obra ha sido traducida al inglés, al francés y al italiano. Coordina Casa Octavia, una residencia para escritoras y personas LGBTQ+.

Sylvia Aguilar Zéleny

Basura

DEBOLS!LLO

Título original: *Basura*

© 2026, derechos de edición mundiales en lengua castellana:
Penguin Random House Grupo Editorial, S. A. de C. V.
Blvd. Miguel de Cervantes Saavedra núm. 301, 1er piso,
colonia Granada, alcaldía Miguel Hidalgo, C. P. 11520,
Ciudad de México
© 2026, Penguin Random House Grupo Editorial USA, LLC
8950 SW 74th Court, Suite 2010
Miami, FL 33156

Diseño de portada: Penguin Random House / Laura Velasco Borrero
Imagen de portada: composición a partir de imágenes de © iStock
Fotografía de la autora: © Corrie Boudreau

ISBN: 979-889-098-737-2

Impresión digital bajo demanda

156237614

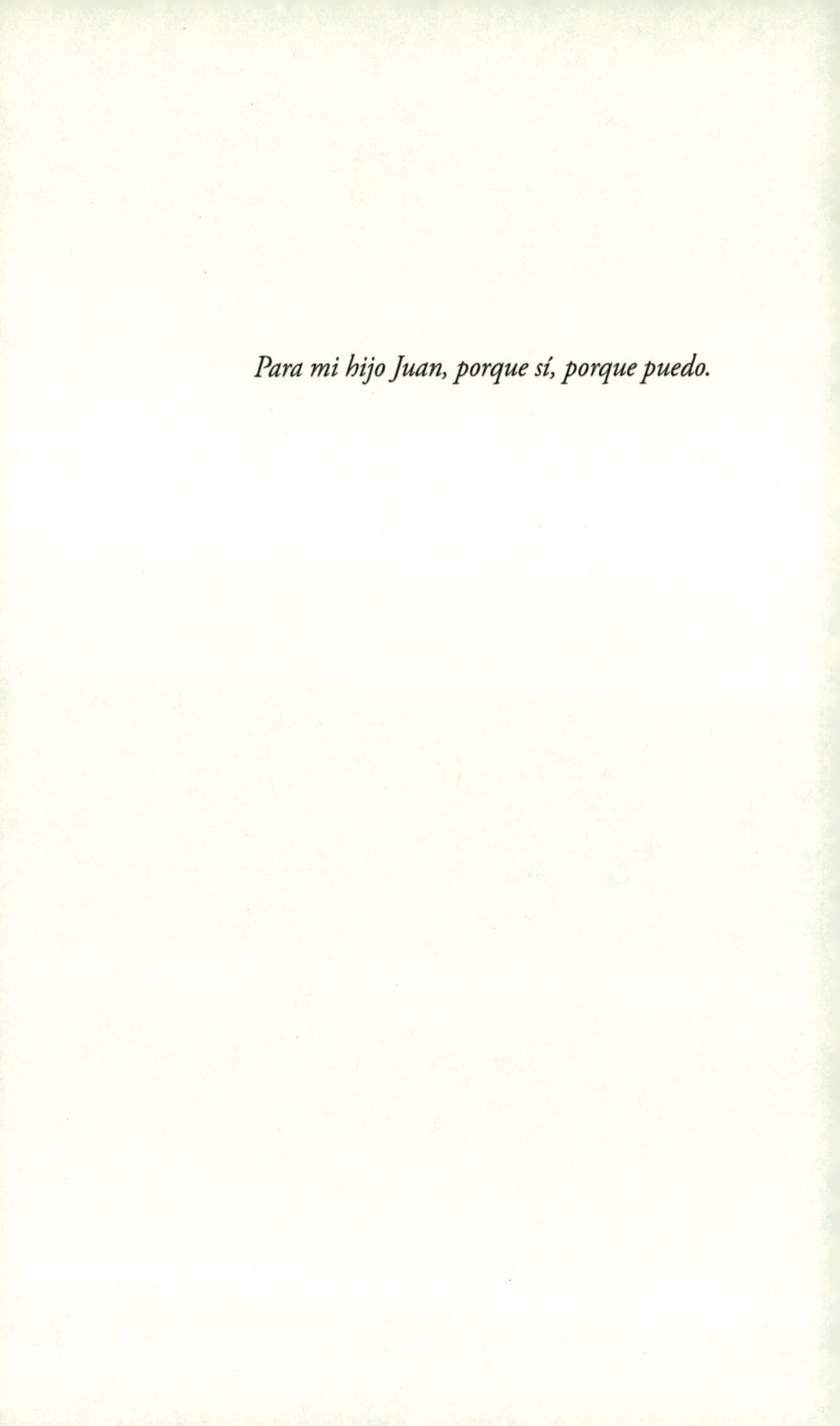

Para mi hijo Juan, porque sí, porque puedo.

Trash don't know the meaning of use.
Just like you kids.

DOROTHY ALLISON

UNO

1

La casa era pequeña. Una de esas casas con comida a diario. Tenía las cuatro paredes. Firmes todas. Tenía ventanas, puerta y chapa. Una buena chapa. Tenía dos catres, tres sillas, una mesa y una estufita; tenía tazas, platos, cucharas, cuchillos. La casa tenía chapa.

En esa casa vivía yo con ella.

Si cierro los ojos la veo a ella. La cara como recién lavada. El cabello recogido en una coleta. El delantal siempre sobre su ropa, sus bolsas delanteras llenas de llaves, monedas, billetes de a veinte, una estampita de la virgen, hilo. Una aguja ensartada en el carrete de hilo.

Ella trabajaba limpiando casas en el otro lado, ahí, con los gringos o para mexicanos que vivían como gringos, no sé. Solo sé que cruzaba el puente del centro todos los días para llegar a gringolandia. Es una chinga ese ir y venir, pero una chinga bien pagada, decía a quien se le cruzara. El delantal guardado en la bolsa, para que los migras no creyeran que trabajaba allá. A veces empujaba un carrito de esos de supermercado que agarraba de no sé dónde. Un carrito cargado de cosas. Los gringos, o los mexicanos que vivían como gringos, siempre le daban comida, ropa, zapatos, así. Era raro que llegara con las manos vacías. Y no importaba lo que trajera yo siempre me ponía feliz.

Porque si cierro los ojos me veo también a mí, pero no como soy ahora, sino como era entonces, chiquita, pendeja, bien lela, viéndola, adorándola. Pendeja.

En una de esas casas para las que trabajaba había niñas. Lo sé porque a veces llegaba con cosas solo para mí: zapatos, juguetes, libros, camisetas con la cara de la Barbie. Las niñas ya no usan esto, las niñas ya no juegan con esto, las niñas ya no quieren esto, me decía. Todo, les dan todo. Nomás estiran la mano y tienen lo que quieren. Ve nomás, todo lo dejan nuevo, haz de cuenta que estás estrenando, Alicia, a ver, mídete esto, ahora póntelo con estos tenis, te digo, bien nuevitos.

A mí la ropa me daba como igual, pero más me gustaban los libros que también me traía. Ya los leyeron, decía. Y yo feliz, feliz porque en los libros había hadas, sapos encantados, conejos con reloj. También traje juguetes, decía, mira, ni parece que los tocaron alguna vez. Los juguetes no eran juguetes, eran juegos de mesa para dos o más, cosas para ponerte a pensar, rompecabezas dificilísimos de armar a solas. En cambio, los libros no te necesitan más que a ti. Se leen a solas.

Toda la semana se turnaba entre casas en el otro lado y una que otra casa acá, casas de los ricos. Muy lejos de nuestro rumbo. Las dos vivíamos del sueldo que le daban por limpiar y de cosas extra que hacía. Tienes suerte, me decía, yo a tu edad ya trabajaba. A veces llegaba con ropa que había que planchar, dejar lisita, como nueva. O ropa para remendar, un dobladillo, una costura aquí, muchos botones. En eso se le iban la tarde y los fines de semana. Remendar, planchar, y luego otra vez desde el principio.

Por las noches, después de dejar listo mi uniforme y la estufa bien limpia, se sentaba y me pedía que la sobara y yo lo hacía con gusto porque me gustaba el olor de su crema de pies, me gustaba dejar caer el chorrito y deslizar la crema por el empeine, luego en la planta, después entre sus dedos. Jálamelos, me decía, truénamelos todos. Y yo bien obediente lo hacía, uno, porque ella me lo pedía y otro, porque me gustaba ese sonido, el cric crac de cada uno. Ella cerraba los ojos, sonreía, yo sentía que le daba gusto masajeándole los pies, lo hacía, movimientos lentos, suaves, como con amor.

Bien pendeja yo.

No sé qué hacía conmigo cuando yo todavía no iba a la escuela, como que mi memoria inicia en el primero de kínder, ella llevándome de la mano y yo con una falda azul, una blusa blanca y un delantal de esos de cuadritos. Luego tengo otras imágenes, las dos caminando hombro a hombro cuando yo ya no era de esas niñitas que corren y cruzan la calle sin fijarse. Pórtate bien, estudia mucho, pon atención, me repetía antes de decirme adiós. Y yo lo hacía, me portaba bien, estudiaba mucho, ponía atención, levantaba la mano para contestar, entregaba mis trabajos antes que nadie. Leía en voz alta mejor que nadie.

De la escuela pocas veces me recogía, porque ya dije, ella trabajaba. Así que me encargaba con una de las vecinas y con sus hijos. Me tenía que quedar con ellos hasta que ella llegara por mí. Me entretenía viendo la tele con los otros niños o haciendo la tarea. El estómago me crujía, me acuerdo, pero yo no tenía permiso de comer ahí y mejor, a mí lo que me gustaba era comer con ella. Pasarle el tomate, quitarle las capas a la cebolla, mezclar la sal y la pimienta a la carne molida, poner la mesa: dos platos, dos vasos, cucharas, tenedores, un solo cuchillo que era el que ella usaba para cortarme la carne. Nunca he vuelto a comer una sopa de fideos como la suya. Su chile colorado con carne y papas. Las albóndigas.

Lo primero siempre era quemar las tortillas de maíz. Nos gustaban mucho. Les embarraba mantequilla, les ponía un poquito de sal. Me comía yo una o dos antes de que la comida estuviera hecha. Porque había comida. Comida, calientita, recién hecha.

Las tortillas quemadas quitan el hambre y el frío. Eso era lo que ella decía. También decía que era mentira que comer maseca cruda hacía daño. Me acuerdo que a mí me gustaba ayudarla a hacer las tortillas, revolver el agua tibia con la maseca, mover los dedos. Y luego cuando torteaba siempre cantaba una canción, ¿cómo iba? Ella cantaba todo el tiempo, a veces todavía creo que la oigo cantar cuando en la noche no se escucha nada. Mientras cocinaba, planchaba o lavaba, ella cante y cante. Me gustaba su voz, las canciones de moda salían de su boca, pero se oían diferentes. No mejores, diferentes.

En sus canciones favoritas siempre se repetían palabras como *amor*, *culpa*, *olvido*, se sentían más así, como que ella era la que sentía amor y culpa y olvido. Había canciones que no cantaba, sonaban en la radio y me decía: Súbele, súbele más. Su boca decía una tras otra las palabras de la canción, nomás que sin sonido. No sé qué canciones eran ni quiénes las interpretaban, pero todavía hoy cuando una de ellas se aparece en la radio la veo clarito. Pinche vieja, hasta siento que la extraño. No era que cantara bien, era que lo hacía con ganas, como que todo desaparecía cuando ella se entregaba a sus canciones. Cuando me sorprendía oyéndola cantar, apagaba el radio de golpe y me decía: Basta de holgazanear, a ver, lee en voz alta.

El hábito de la lectura me lo formó ella. Yo le leía y ella remendaba: una bastilla, una costura, botones. O planchaba: un vestido, una camisa, la línea de un pantalón. No sé si ya lo dije, pero ella aparte de limpiar y cuidar niños, era costurera, hacía composturas de todo tipo a la ropa de sus clientes. Gente de esa, de la que paga para que le hagan todo. Ella no me enseñó ni a lavar ni a planchar ni a remendar. Estás muy chica. Así me decía. Ya habrá tiempo, se ve fácil pero no lo es. Hay que saber cuánto jabón, qué tan caliente la plancha. Hay que hacer la costura invisible. Un día te enseño porque nunca sabes cuándo tus manos son las que te van a sacar de apuros, repetía.

Yo ni lavo ni plancho ni zurzo, pero mis manos son las que me sacan de apuros. Porque ella me enseñó a pepenar. Fue gracias a ella que yo aprendí dónde estaban las mejores cosas, las que todos querían, las casi nuevas. Basura fina, decía ella. Veía el reloj y me decía: Vente, niña. Niña, así me llamaba. Vamos de cacería, que a esta hora no hay nadie. Cacería, así lo decía.

Yo lo llamo trabajar.

Voy a trabajar, le digo a nadie en cuantito me levanto.

La cacería, esa la hacen otros. La hacen por mí.

En esa época no hacíamos lo que ahora yo hago todos los días. No pasábamos la mañana acá esperando que llegara el camión de la basura. No nos poníamos bajo la carga, bajo la cascada de cosas para agarrar primero. No nos peleábamos por esta cosa o aquella. No agarrábamos cosas para luego venderlas. No. Nosotras íbamos al basurero por la tarde, cuando ya casi no había nadie, cuando a quién le importa qué te llevas. Cuando hay poco que escoger y te tomas el tiempo para hacerlo.

Apenas llegábamos, ella ponía en práctica su método. Primero caminar y caminar, empujar con el pie un montón y luego otro. Ver lo que de ahí se desparramaba. Más caminar. De pronto, alto. Miraba al horizonte de izquierda a derecha y de arriba abajo. Ella era un pirata buscando su isla del tesoro. Y cuando la encontraba, señalaba con el índice y decía, ahí, ahí mero, niña. Y ahí, ahí mero era donde, después de abrir una y otra y otra bolsa de esas de las grandes o de escarbar y escarbar, encontrábamos algo, un sartén, una colcha, ropa, chanclas disparejas o no, latas de comida. El tesoro.

Increíble lo que la gente tira, abandona y olvida. Hasta lo más privado de las casas termina acá. Lo que unos dejan a medias acá nos completa.

Ella era una experta para las latas de comida, era como si las oliera y supiera dónde se escondían. Las latas vienen por épocas, eso lo aprendí después. Hay épocas en que si acaso una o dos por semana, de esas, sin etiqueta. Luego, te encuentras muchas de atún en verano. Latas golpeadas que los supermercados gringos descartan. Bueno, y es que aquí uno encuentra todo lo que los gringos y los mexicanos descartan. Entre noviembre y diciembre, te encuentras otro montón de esas con sweet potatoes, que son camotes, y con salsa gelatinosa de cranberry, ingredientes de la época de fiestas en el otro lado. Yo no sé qué es, pero sé que se la puedes untar a un pan y te endulza la panza bien machín.

Ella no vendía lo que encontraba, todo era para nosotras. Así que un chingo de nuestras cosas venía o de los clósets de sus clientes o del basurero municipal. Vivíamos de los otros. Sí, señor, ya desde entonces vivía yo de los restos de otros. Yo misma era un resto de otros.

Las latas de soda ni las tocaba, era como si no supiera lo que todos sabemos aquí, que esas significan dinero rápido. Tampoco recogía botellas de plástico. PET, les llamamos los que sabemos. No sabía lo valiosas que eran, lo mucho que se podía sacar con ellas. Lo de las latas de soda, lo de los PET y lo de los metales lo vine a descubrir cuando ella ya no estaba. Bueno, no lo descubrí. Me lo enseñó don Chepe. A ese viejo todos le temen. Pero cuando entras a su círculo, te cuida y ve por ti.

Don Chepe cuida y ve por mí. Yo soy del círculo.

De acá ella solo sacaba lo básico. Nosotras, que te quede claro, no tenemos necesidad de esto. Así me decía todo el tiempo. Lo hacemos solamente porque sí, porque está ahí, pero tú y yo vivimos mejor que esta gente. ¿Por qué? Porque yo tengo un trabajo que paga y mi ingreso nos cuida. Que nadie te haga creer que eres como cualquiera de las peladitas que están ahí, míralas, rasque y rasque en la basura para ver qué consiguen. Y no voltees, no levantes la mirada, tú a lo tuyo. No mirar a los demás mientras estábamos pepenando era, en realidad, una manera de creerse que nadie la veía, que nadie nos veía, que nadie se daba cuenta de que nosotras, también, sacábamos de ahí para vivir.

Pero la neta es que nosotras también le entrábamos al rasque y rasque en la basura. Especialmente cuando ella agarraba la fiesta un viernes o cuando faltaba a una o dos de las casas en las que trabajaba. Entonces sí, como no había pan, queso, huevo, tortillas, veníamos aquí. Cruzábamos todos los baldíos que separaban nuestra casa de este lugar y a buscar, pizcar, pepenar.

Cazar.

Así fue como aprendí a separar lo que todavía sirve y lo que se puede arreglar. Lo que todavía se puede comer y lo que ni para los perros. Sus lecciones me mostraron a vivir a fuerza de nada, me hicieron quien soy.

Por ella soy quien soy.

Y por ella, pinche vieja, estoy donde estoy.

2

Nos han aprobado la segunda fase de nuestra investigación. Mis compañeros están asombrados, porque después del cierre de la clínica móvil, todo indicaba que el proyecto sería cancelado. Yo sabía que era cuestión de apelar a su orgullo. Es una vergüenza, pero en este país sigue triunfando la narrativa del colonialista: Vamos a salvarlos de su barbarie, exclaman todas sus acciones.

Decirle a los miembros del comité que nuestros estudios alrededor de la vida en el basurero de Ciudad Juárez eran: A unique way to understand la frontera and its multiple effects in our community's health los comenzó a convencer. Desperté al superhéroe que habita en ese puñado de médicos-inversionistas cuando les expliqué que los resultados nos ofrecerían una mejor aproximación a la salud, al medio ambiente y, por tanto, a su salvación.

—¿Medio inversionistas?

—Peor, tía: medio médicos y medio inversionistas.

En la junta, la preocupación principal era nuestra seguridad y los riesgos de trabajar dentro de una zona peligrosa con una población as such. Henry les dijo que en todo caso eso abría otra línea de investigación: la rudeza en el basurero debía responder a las circunstancias que rodeaban a la gente dentro y fuera de ese lugar. La violencia como consecuencia del espacio: setting-based behaviour.

—Henry dijo línea de investigación, tía, pero en realidad es una línea de oportunidad.

—Oportunidad la que les estás dando tú a los del hospital con este voluntariado que seguro les estás regalando —dijo mi hermana Norma, que todavía no saludaba y ya tenía críticas hacia mí.

—Me da gusto por ti, nena. Lo traes de herencia. ¿Les he contado que un tiempo a tu mamá le dio por dar catecismo en uno de esos barrios que investigas?

—Sí —decimos Norma y yo. Ninguna de las dos le dice a la tía que eso ya nos lo ha repetido montones de veces. Eso y que papá.

—Tu papá alfabetizaba. Decía que antes de la palabra de Cristo venía la del día a día.

—Tía, imagino que no nos invitaste a tu casa a que escucháramos sobre la basura de Gris, ¿o sí?

Desde que comencé a idear esta investigación a Norma le ha dado por construir oraciones con la palabra *basura* solo para molestarme. O intentar molestarme.

—No, no las invité para eso. Siéntense, tengo una noticia.

La tía mira nuestros teléfonos, sin atreverse a decirnos que los silenciemos o los guardemos. Y aun sin decir algo, lo hacemos. Norma mete el suyo a su bolsa, yo volteo el mío y lo pongo en la mesa de centro. Estamos en la sala de la tía, que tiene los mismos sillones de hace años, en perfectas condiciones, donde no nos sentamos a excepción de alguna reunión social o evento especial.

—Me voy a retirar.

Lo primero que viene a mi mente es una serie de imágenes de la tía saliendo tempranísimo de casa o regresando, entrada la noche, a seguir trabajando en la mesa del comedor. La tía siempre al teléfono, siempre resolviendo algo para alguien, siempre ocupada. Como yo, ahora.

—Estoy enferma. Lo he estado desde hace tiempo. Había logrado mantener mi vida como hasta ahora, pero esto se ha vuelto más complicado.

Norma y yo nos miramos. Mi hermana estudia a la tía como a un todo, como tratando de descubrir qué es esa enfermedad que la obliga a retirarse. ¿Su corazón? ¿Su estómago? Yo me concentro en verla de frente, yo debería saber qué es lo que tiene.

Cuando nos explica lo que es, me reprocho no haber prestado atención a esos pequeños detalles que ahora tienen todo el sentido. Sus olvidos, esas pausas demasiado largas entre una palabra y otra. Ese repetir y repetirse.

La tía nos adoptó a mí y a mi hermana cuando quedamos huérfanas. No solo porque era la mayor de la familia, sino porque era la que más solvencia tenía: manejaba su propio despacho, había comprado una casa para los abuelos en Juárez y al poco tiempo se había comprado la propia en El Paso. ¿Quién si no ella para cuidar de nosotras? Nadie estuvo de acuerdo, había otros tíos y tías con hijos de nuestra edad, parientes que se creían más capaces de cuidar a dos niñas. Mi tía les demostró lo que nuestra sociedad se niega a entender: una mujer sola es capaz de mucho. De todo.

Nos trajo a vivir a El Paso. La ciudad que solo servía para pasear o hacer las compras de Navidad se volvió nuestro hogar. El inglés, nuestro idioma del día a día. Aunque solo estaríamos a unos cuantos kilómetros más allá de casa y aunque éramos apenas unas niñas, dejar Juárez fue dejar una vida. La que tuvimos y la que hubiéramos tenido.

—Bueno, pues te vienes a vivir conmigo —dijo Norma—. Hay suficiente espacio y estarás cómoda. Yo puedo ir y venir del despacho si necesitas algo.

—De ninguna manera —dijo la tía y luego un no rotundo con la cabeza.

—¿Qué has pensado? —le pregunté, segura de que la tía ya tenía bien decididos los pasos a seguir. Imposible imaginar que no tuviera todo ya perfectamente tramado.

—Trabajé toda mi vida para pagar imprevistos como este. Así que.

Imprevistos, así llama a su enfermedad, como si se tratara de un techo caído o la inundación por una tubería rota. Norma seguro piensa que lo que ocurre en su cabeza *es* como un techo caído, tal como una tubería rota. La conozco, sé que se muere por sacar el teléfono de su bolsa y googlear todos los síntomas y características de la enfermedad de la tía.

—Voy a quedarme en *mi* casa, pagaré a alguien para que me atienda 24/7. Y llegado el momento me voy a.

—De ninguna manera —dice Norma sin siquiera dejarla terminar la oración.

—Un asilo —digo.

Las ideas de la tía las termino mejor yo. Los planes de la tía los comprendo mejor yo. It takes one to know one.

—Es la mejor decisión, Norma. Hay personal especializado que sabrá cómo manejar las necesidades de tía Mayela.

Siento la mirada de mi hermana acusándome de frialdad. Lo hace todo el tiempo, como cuando teníamos la clínica móvil.

—No estás ayudando a la gente de esa colonia, estás estudiándolos como ratas de laboratorio.

—Ratones —la corregía yo.

La tía siempre ha pagado para que alguien más se haga cargo de ciertas cosas: la comida, la limpieza, el cuidado de dos huérfanas. Y ahora, de su salud. Se lo recuerdo a Norma y se enoja. Me dice que no es lo mismo.

—Nos toca hacernos cargo a ti y a mí, Gris. Le debemos todo a la tía.

Le doy la razón, pero Norma no entiende que en ocasiones hay que dejar que otros se hagan cargo.

—Ni tú ni yo sabemos cómo cuidar a alguien en su estado.

—Tú eres doctora.

—Pero no me especializo en.

—No las traje para que decidieran por mí, sino para que estén al tanto y me ayuden a hacer los arreglos necesarios.

La tía decide que Norma se hará cargo del despacho y de contratar a una litigadora para que tome su puesto. Yo, de hacer ajustes e instalaciones a su baño y su habitación para que esté más cómoda y buscar a alguien que pueda quedarse con ella en casa.

—Alguien de tu hospital.

—Pero es que yo no trabajo en el hospital, trabajo *para* el hospital y.

—Estoy cansada, me acuesto. Un beso.

Norma se queda quieta, puedo ver que se aguanta las ganas de llorar. Por un segundo tengo deseos de abrazarla y decirle que todo va a estar bien. Porque sí, porque todo va a estar bien. Entonces se levanta, saca el teléfono de su bolsa, lo mira y lo vuelve a guardar. Pasa a mi lado y dice: Un beso.

Con la tía las llamadas o las visitas siempre terminan en lo mismo. Un beso. Uno. Incluso cuando estás a su lado y se despide de ti te dice: Un beso, aunque no termina de dártelo cuando ya se apartó. A veces ni siquiera lo da. Yo lo entiendo así: su amor hacia nosotras siempre estuvo encaminado hacia la educación y las experiencias. Libros.

Ropa. Viajes. Educación. Siempre cuidó que no nos faltara nada, se preocupaba por lo que comíamos, por nuestras calificaciones, por alimentar nuestras habilidades. Se aseguraba de que tuviéramos buenas amistades y excelentes profesores. Fuimos a las mejores escuelas, disfrutamos de campamentos, intercambios, deportes. Todo para asegurarnos el éxito.

El espacio que habitamos y la educación que se nos ofrece nos define. Setting-based behaviour, como dijo Henry. Hablaba sobre los niños y niñas habitando alrededor o dentro del basurero municipal, pero a la larga aplica a todo. Y eso es lo que más me interesa estudiar. ¿Quién es la persona que vive de nuestros restos? Y, más específicamente, ¿qué nos hace lo que somos?

A veces me pregunto quiénes hubiéramos sido si nuestros padres no hubieran muerto. Si nos hubiéramos quedado en Juárez. Sin duda no seríamos las que somos ahora. Me imagino una vida normal, las dos creciendo en la mueblería, empleadas por papá. Cada una convenciendo a un cliente de comprar ese colchón o llevarse ese sofá donde, tal vez, la una o la otra tuvo sexo con algún novio justo la noche anterior. Una embarazada a los diecisiete, la otra alfabetizando o catequizando en barrios de la periferia.

Las dos un futuro incierto, como el de la tía.

3

Esta será tu esquina. Nadie más tiene derecho a usarla, pero nunca falta alguna pendeja que se arrima porque no sabe, porque se hace la que no sabe o porque sabe que tú no sabes. Ponte lista. Tienes que marcar tu territorio, tu esquina es tu territorio y si no la defiendes, no sirves para esto, punto. ¿Cómo que quién? Pues cualquiera, mija, cualquiera que parezca de las nuestras pero que no es de las nuestras. Ay, pues lo sabes: las ves y lo sabes. Sabes que no tienen nuestra clase, nuestro estilo. No, no pasa seguido, las reglas aquí hace mucho fueron hechas; quieras que no, todas las respetan, pero de que pasa, pasa. No te creas que eres la única que ha decidido meterse en esto para salir del hambre. Porque por eso estás aquí, a mí no me vengas con el cuento de que al taloneo le entras porque estabas aburrida. Ah, ¿ya ves? Por eso tienes que ponerte trucha, haz de cuenta que si te roban tu esquina te roban el pan. Entonces, si alguien te la hace de pedo en esta esquina, tú les dices que se vayan a chingar a su madre y listo. Y si no se van, porque nunca falta la dientona que se hace la sorda, tú diles que se averigüen con la Reyna y ya verás cómo desaparecen. Sí, la Reyna soy yo. Reyna Grande, aunque oigas a la Bibi llamándome Treyna Glande o a la Tijeras preguntando a grito pelado: ¿Dónde está mi Reyna Trande? Pinches morras, a todo mundo le ponen apodos. Así fueran de creativas con la chamba. Ya las conocerás, pueden parecer cabronas, pero son de una buenaondería bárbara.

También son buenas pa los trancazos así que, si no estoy yo y estás en apuros, tú diles a ellas y verás cómo le parten el hocico a quien sea que te esté molestando. Ay, pero quita esa cara, mija, hasta parece que vas a llorar. ¿Estás segura de que estás lista para esto? Mira, pues, por si las dudas, te tendré en periodo de prueba. A estas alturas no estoy para cuidar pollitas.

Antes de venirte a la esquina tienes que reportarte conmigo todos los días a más tardar a las seis; si no estoy en la casa, me vas a encontrar allá enque el Javier, digamos que ahí está mi oficina. Es ese lugarcito de allá, ¿lo ves?, el del techo caído. Yo no sé por qué no lo arregla, de veras que afea la vista. Es más, vamos, ahí platicamos. Ya es hora de mi clamatito y hace calor. Yo no sé cómo le hace el Javier, un clamato con cerveza no tiene ciencia, pero a él le quedan deliciosos. Es un pinche experto en poner la cantidad exacta de jugo de limón, de salsa Maggie y de Tabasco. El Javier sirve desayunos, así que si un día no tienes ganas de cocinar, te vienes con él. El Javier es de los nuestros, if you know what I mean. Me refiero a que también es un volteado de piña, o sea, que antes era piña, pero se volteó, sí me entiendes, ¿verdad? Pues transexual, mija, tran-sexual como tú. ¿Que cómo supe? Mija, luego luego me di cuenta, en cuanto me preguntaste si… oye, pero ¿estás llorando? Te vas a arruinar el maquillaje y te ves muy chula, mira, yo te lo noté porque, pues, it takes one to know one, pero se ve que te has trabajado bastante, ya te enseñaremos aquí más cosillas. Poco a poco serás toda la tú que quieres ser, como el Javier.

Sí, el Javier antes era Javiera. Me queda claro que comprendes eso de crecer inconforme con el cuerpo y lanzarse a ser lo que se es. Un buen día se decide dejar pueblo, familia y vida, para ser la tú que quieres ser. Y ser la que tú quieres ser sale caro, mija, seguro ya lo sabes. Pues bueno, así el Javier. Lo dejó todo, lo cambió todo, lo olvidó todo para hacerse acá una nueva vida. A veces la cadera lo delata, depende el pantalón que traiga puesto. Pero eso sí, mija, nada de andar de mirona que si estás tratando de estudiarlo se emputa. Fíjate que eso le pasó a la Bibi cuando recién llegó. Lo veía como a ratón de laboratorio, nomás faltaba que directamente le preguntara oye, Javier, y tú, ¿pa dónde bateas? Pinche Bibi.

No, el Javier no trabaja con nosotras, ni nosotras para él, digamos que es una relación de clientes. Nosotras somos sus clientas y, de vez en cuando, si no hay nadie en su vida, pues él es el nuestro. Claro que a él solo le gustan las mujeres, esas las bendecidas por la madre naturaleza con tetas de verdad y sin pito de novedad, como tú, como yo y como la Bibi. Sí, la Bibi también. Igual que tú tenía la *p* de pendeja cuando llegó pero fue agarrando la onda. Te va a caer bien. Al Javier también le agarrarás cariño, es retedecente, ¿no te digo que hasta me deja hacer mi oficina ahí? Mucho me dice que por un precio más que nada simbólico me deja quedarme con el cuartito de trebejos. Un escritorio, un par de sillas, una pintada y aquí puedes trabajar, Reynita, me dice. Si no le he tomado la palabra es por huevona, la mera verdad, por puro huevona. Este horario volteado a mi edad está acabando conmigo... Aquí es cuando tú me interrumpes y me dices, pero si usted se ve bien joven, Reynita, cómo va a ser. Ya quisiera yo verme como usted a su edad... Ay, mija, que se me hace que no solo pareces medio bruta, sino que también lo eres.

Bueno, sigamos.

Al trabajo, porque esto es trabajo y no diversión, al trabajo una se va bañada, peinada y bien maquillada. Lo primero hay que hacerlo en chinga, porque aquí el agua no abunda y hay días que el baño es a puro jicarazo, chula.

Pero lo segundo, el arreglo, la transformación, la magia que hace de ti una princesa, esa sí es a tus anchas. Tómate el tiempo que te tome en hacer de tu cara un homenaje a la belleza. Oye, déjame verte bien, tienes la piel un poco maltratada, vas a necesitar un humectante o algo así. ¿Cómo te depilas? No me digas que te rasuras. Ah, ya me estabas asustando, es que estos pelitos de aquí te salen gruesos y los pelitos solo salen de este grueso cuando te ras... No, mija, ¿cómo que con la pinza? La pinza de cejas hace lo mismo que el rastrillo: sacas y sacas y sacas y con el tiempo el pelito ese se vuelve un pinche tronco. Oye, y tus cejas están bonitas, ¿eh?, ni muy delgaditas ni muy mechudas. Me gustan, me gustan, me gustan. Capaz que te las copio. Ah, qué detalle, no, pues si tú me las quieres hacer, mucho mejor, yo flojita y cooperando. Pero bueno, esa barbilla es mejor depilarla con cera, que sí, que reseca un poco pero es mejor. Yo tengo la mejor receta, la aprendí de mi nana, la mamá de mi amá, ella nos cuidaba a mis hermanas y a mí cuando mi amá trabajaba en la maquiladora. O sea, siempre. Mi nana preparaba su propia cera con una receta secreta: azúcar, miel de abeja, agua, vaselina y otros ingredientes que esos sí no me los saca nadie. Es algo que aprendió allá en su pueblo. Mi nana era de Ecatepec, la tierra de los cerros decía ella, y allá se forjan los mejores remedios y se guardan los mejores secretos. Bueno, pues esa cera que mi nana hacía se las embarraba a todas mis hermanas, porque las tres eran casi changos desde chiquitas. Yo no, ¡qué ironía!, ¿verdad? El varoncito lampiño y las escuinclas todas bien pinches barbudas. Yo la verdad hubiera preferido... Bueno sí, obvio, hubiera preferido ser niña. Pero yo iba a decir changuito también, sí hubiera querido ser peludo o granoso o algo que hubiera obligado a mi nana a darme alguno de sus tratamientos. Tenía las manos rasposas porque en el pueblo ella trabajaba duro, pero me gustaba, me gustaba sentir esa textura. Además, se tomaba el tiempo del mundo en la cara de cada una de mis hermanas, era como el único momento en que ofrecía atención así, individual. Mi nana nos cuidaba y todo, pero para ella éramos una tropa, cuatro escuincles a los que había que bañar, alimentar, mandar a la escuela. Pobre, a eso se la trajo mi amá, a cuidarnos, a chambear y chambear, así que nada de trato especial, nada de consentirnos, al menos no a mí. A los varoncitos les hace daño la ternura, decía. Daño. Y para lo que le sirvió forjarme con dureza y grito pelado, igual me le volteé en el camino. Si me viera ahora no lo creería, es más, se volvía a morir de la pura impresión. Ay, mi nanita, Dios la tenga en su gloria. No, no se moriría de la vergüenza, ni de la sorpresa, sino de la impresión de descubrir que del flaquito patuleco ese salió esta reina. La Reyna Grande.

Tú vas a necesitar otro nombre, por cierto, hay que irlo pensando. No sé, Anita a secas aquí nomás no va a pegar. Necesitas algo, no sé, más catchy.

Anyway, de esos pelitos tuyos me encargo yo. Ahora, deja verte las piernas, pérate tantito que si te mueves no veo nad… Ah, mira, pero qué largas piernas tienes. Pero medio pálidas, ¿eh? Yo me pongo aceite de coco en vez de crema para el cuerpo, así, además de suaves, huelen rico, brillan y se broncean. El aceite de coco, aquí te va un secreto, sirve también de lubricante. ¿Ya te la sabías? Caray, a lo mejor sí sirves para esto, veo que te sabes algunos tips. ¿El de almendra? Mira, ese no lo he probado. ¿Será que yo fui la única aquí que aprendió a la mala? Ya sabes de escupitajo en el culo y ahí te voy. Mira, te hice reír.

Oye, ¿es tu cabello o son extensiones? ¿Tú solita? Oye, pues apiádate de esta greña porque mira nomás qué ralito tengo el cabello, no me caería mal una melenaza como la tuya.

Pos henos aquí. Uy, está lleno. A ver, a ver, déjame busco al Javier para… Ah, mira, ahí hay una libre. Siempre está lleno. El barrio entero cotorrea, come y chupa aquí. Es el lugar perfecto: abre temprano, cierra tarde, sazón hogareña, buen ambiente y chela fría. No, mija, esto es el paraíso. Mira, no he ordenado y velo, el Javier se fue directo a prepararme mi clamatito.

¿Qué te tomas?

4

Sus ojos se escurrían sobre un café, no lo tomaba, nomás lo veía. El café, que llegaba hirviendo a la mesa, pasaba de tibio a frío. El café que tanto le gustaba en la mañana, a media tarde, en la noche, olvidado sobre la mesa. Ya no era la misma. Estaba y no. No empezó de pronto, fue de a poquito. Primero dejó de ir a una de las casas del otro lado porque querían a alguien que se quedara a dormir a diario. Luego, la corrieron de la otra. Pinche vieja, mira que acusarme de robar, llegó diciendo un día. Pero me vale madre, deja nomás que pasen unos días, namás se dé cuenta que nadie va a hacerle las cosas tal como a ella le gustan, cuando nadie cuide a esas escuinclas berrinchudas como lo hacía yo, y entonces sí me va a estar marcando. Vieja malagradecida, después de lo que hice por ella. Gracias a mí tiene la vida que tiene, gracias a mí, decía.

Luego la corrieron de la otra casa, la que estaba aquí en la ciudad. Estaba encabronada. No hay dinero, no hay dinero, me dicen. Ve cómo está Juaritos entero, me alegan, pero a cada rato van y andan por fayuca en lugar de ahorrar para las vacas flacas. Pinche gente. Pinches nuevos ricos. Miedo deberían tener que yo vaya a las autoridades y diga lo que vi en su casa. En el narco, están metidos en el narco. Ay, sí, a poco se hicieron ricos de la noche a la mañana. Yo le preguntaba que cómo sabía. Cuántas veces le oí esa misma cantaleta, para ella todos estaban metidos en el narco, menos los que sí. Así era, le abría la puerta a quien en realidad no se le debía ni dirigir la palabra.

Entonces, como no encontraba otra casa que limpiar y ya casi nadie le daba ropa para remendar y nadie le llamaba para decirle que había una chambita limpiando esta o aquella casa, aquella oficina, esa bodeguita, le dio por dormir hasta que no había sol. En la alacena ya no había pan, ni tortillas, nomás una que otra lata empolvada. En el refri olvídate de ese poquito de queso y jamón, o esas piernitas de pollo. Nada.

Y no le importaba. Se quedaba ahí en el catre, viendo el techo.

Y yo, igual.

Hasta que me aburría.

Entonces me iba a la ventana o me sentaba en la banqueta a leer o me ponía a ver la gente pasar. La que salía temprano a trabajar. La que volvía entrada la noche después de la jornada. La que ponía sus sillas afuera y se ponía a platicar apenas bajaba el sol y pegaba el viento. La que reía. La que sacaba guitarras y se ponía a cantar.

A veces, cuando no tengo ganas de hacer nada, todavía me gusta sentarme en algún lado solo a ver gente. La gente y sus vidas.

Después de no sé cuánto tiempo de estar acostada todo el día, volvió en sí por un ratito. Vio mi cara y mis ojos de tengo hambre. Me pidió perdón y me regañó al mismo tiempo: ¿Por qué no me dijiste que no has comido? Ándale, ponte el suéter que vamos a la tienda a pedir fiado. Bolonia, pan bimbo y un tarrito de mayonesa pueden ser un mundo de diferencia. Las latas de atún te salvan la vida. No, no exagero, ¡te salvan la vida!

Pudimos comer por varios días.

Cuando eso se acabó, cuando ahora sí ya en serio no había nada, pero nada de comer y ya ni podíamos pedir fiado, entonces sí, fuimos de cacería. Volvimos con un par de latas, alguna bolsa de fruta o verdura que ni muy vieja ni muy fresca. Una bolsa de arroz o frijol con gorgojo que hubo que despiojar por horas. Mientras lo hacíamos, ella se repetía una y otra vez lo mismo: Seguro ya se dio cuenta de que no le robé nada, que nomás malpuso los aretes en algún lado, seguro quiere llamarme, pero no se anima, seguro no se las acaba con su chamba y con todo lo que hay que hacer en su casa, pinche vieja, acusándome a mí de robar, a mí. Vieja cabrona. Vieja quedada. Vieja hija de la chingada. Tanto que le ayudé, tanto que la cuidé, si yo la desafané. A ver, fíjate en el teléfono si no tengo llamadas perdidas, niña.

A los días eso también se acabó. La poquita energía que tenía, también. Lo peor fue que dejó de hablar. Primero solo decía palabras cortas: *sí*, *no*, *tampoco*, *no sé*. Luego, todo a señas, gestos, un cerrar de ojos y listo. Luego nada. Nada de nada. El hambre era común en cualquiera de las casas del barrio, pero el silencio no. Ella se olvidó de todo, hasta de mí. Se echó en el catre otra vez.

Comencé a ir y venir sola a la escuela.

Luego dejé de ir. ¿Pa qué?

Dejé de ir después del Día del Niño, me acuerdo bien por la fiesta, por lo que comimos, por las canciones que cantamos. Justo ese Día del Niño fue mi despedida de la primaria. A lo mejor también fue mi despedida de la infancia. No tenía muchos amigos, no era la consentida de la profe, no era la gran cosa, pero de todos modos por mucho tiempo extrañaba estar ahí, en la escuela. Mi despedida de la infancia, sí, eso fue.

Un día, cuando me desperté, ya no estaba. Primero no pensé nada, o sí, pensé que había vuelto a la rutina y se había ido a buscar trabajo o a traer comida. Me alegré. Me puse a limpiar la casa porque esa también se había venido abajo. Llegó la noche y pensé que ya no volvería. Pasaron dos, cuatro, cinco días, no sé. Rogué por su regreso. Yo creo que lloré. Ella ahora sí lo había olvidado todo. Me dio hambre. No me atreví a ir con las vecinas. No me atreví a ir al basurero. Me quedé ahí, viendo pasar la gente desde la ventana. Los que van a trabajar y los que regresan de la jornada, los que sacan las sillas y se ponen a contar chistes. Los que sacan sus cervecitas y una botana.

Entonces, cuando más hambre y más miedo tenía, regresó.

Pero no regresó sola.

5

No es un voluntariado, es mi investigación. Es un empleo que no tiene nada que ver con pequeñas misiones como limpiar un baldío o vacunar a unas cuantas personas. No, esto es mucho más importante. Es para la ciencia, para la comunidad, para mí, para mi comunidad. No espero comprensión, pero preferiría que se le diera valor a lo que hago y a las personas que pretendo estudiar. Se trata de gente que hace más de veinte años comenzó a vivir ahí, hombres y mujeres que hacen su vida en tierra destinada para el desecho. Y no cualquier desecho sino ese generado por dos ciudades. A fin de cuentas, esas montañas de desperdicios vienen de Ciudad Juárez *y* de El Paso. Separar basura, reciclar basura, vivir de y *por* la basura.

—A sobrevivir. Así que nada que ver con esos voluntariados que organizan tus amigas, que creen que con llevarles plantas a viejitas aburridas resuelven el mundo.

—No te pongas así, Gris. Yo pensé.

—¿Que solo voy allá para limpiarme la conciencia?

—En nombre de la «salud».

Norma siempre logra descolocarme. A veces puedo ignorarla, esta vez no. Cambiar el tema solo le dio más armas.

—Hablemos de la tía, pues.

—¿Más lavado de conciencia, hermana?

—Estoy hablando en serio.

—¡Yo también! Cuando dije que tú estabas ocupada con tu volunta… investigación, estaba hablando en serio.

—Te digo que puedo hacerme cargo. Puedo hacer ambas cosas perfectamente bien.

—No lo entiendo. Cuando yo propuse que la tía se viniera a vivir conmigo ustedes dijeron que era mejor una cuidadora y luego un asilo; y ahora resulta que.

—Es distinto. Que yo me regrese a vivir con ella no es lo mismo a que se mude contigo. Estaría en su espacio de siempre, al lado de sus cosas, su ambiente, de modo que cuando comience a tener episodios va a ayudarle estar en terreno conocido.

—No sé, Gris, tú siempre estás ocupada.

—Y tú embarazada.

—No suenas muy alegre.

—No digas tonterías. Mira, me refiero a que estarás en tu propio proceso y mereces disfrutarlo. Además, la tía ya te dijo que no quiere dejar su casa.

—Tú tampoco, por lo visto. Apenas te saliste y ya vas para atrás. ¿Qué vas a hacer con tu departamento?

Entiendo que Norma lo encuentre raro. Aunque hizo la universidad aquí, en cuanto pudo se fue a vivir con amigas. Yo, en cambio, me fui a Galveston y cuando regresé ni siquiera busqué dónde vivir. Pero si me fui directo a casa de la tía, en vez de buscar un lugar para mí, era porque me parecía lo más práctico. Cerca del hospital, cerca del puente internacional y con tanto trabajo, qué tiempo para buscar un lugar en el que en realidad nunca iba a estar.

—Dime que por lo menos tú y Henry cogieron, cogen, van a coger muchísimo ahí, antes de que lo dejes ir.

—Norma.

—El *Kamasutra* entero.

—Nor-ma.

—Grr-is, no vayas a terminar pareciéndote a la tía también en *eso*.

Norma piensa que mi vida personal se verá afectada, que justo la estoy cancelando cuando comenzaba a tener una. ¿Cuál vida personal?, quise decirle, pero eso implicaba contarle que Henry y yo terminamos y ni ganas de oír más opiniones al respecto.

—Asegúrate de no perder a Henry, porque en esos brazos y piernas te puedes enredar cuando todo lo demás esté de la chingada.

—Y tú asegúrate de encontrarnos quién se quede en casa cuando yo no esté, que no he encontrado a nadie.

—¿Y sí has buscado?

—La verdad es que ni tiempo he tenido. Estoy siempre ocupada.

—Eres tu propia tía Mayela: lo profesional antes que lo personal. La fruta no cae muy lejos del árbol, como dicen.

—Stop it.

— Just sayin'. Oye, pero si estás tan ocupada, ¿cuándo y cómo vas a cuidarla?

Lo tengo todo previsto y se lo digo. Al basurero solo iremos dos veces por semana y el resto del tiempo lo dividiré entre trabajar en la oficina y en casa. Como en esta primera fase del proyecto mi labor es el análisis cualitativo, solo tengo que ir, hacer entrevistas, capturarlas y medir resultados. Solo necesito mi computadora y mis notas. Seré como la tía Mayela, haciendo del comedor un escritorio.

—Por cierto, he encargado ya una cama clínica. También pedí presupuestos para los muebles que necesitará en el baño y en la regadera. No estaría de más tomar un entrenamiento ergonómico.

—¿Un qué?

—Un entrenamiento donde te enseñan cómo mover, cuidar, cargar el cuerpo de alguien con algún tipo de discapacidad o enfermedad.

—Me cuesta tanto imaginar a la tía así.

Dejo que las palabras de Norma se pierdan en mi silencio, *así*. No tiene caso hablar de lo inevitable. La tía está enferma y ya. Una parte de mí desea preguntarle a Norma qué ha sentido al verla abandonar su firmeza y asumir su vulnerabilidad. Pero no tiene caso, de veras no. Era obvio que ocurriría. Nos la hemos pasado viendo morir a la familia, nuestros padres, la abuela y después el abuelo, dos tíos. En cada uno de esos funerales la tía dijo: Es el ciclo de la vida.

Lo decía con tal naturalidad que cualquiera hubiera pensado que no sintió nada en cada una de esas muertes a pesar de que se tratara de su hermana, sus padres, sus hermanos. Pero sabemos que sí, simplemente tiene otro modo de vivir el duelo.

De niñas aprendimos a traducir ciertos gestos como dulzura, a medir su interés por la cantidad de libros que nos regalaba. Ahora, antes de colgar el teléfono en ocasiones dice: Te quiero, nena. Nena. De niñas nunca nos llamó cariñosamente. No que yo recuerde. La tía medía sus palabras, sus alimentos, el tiempo que dedicaba a cada cosa, ahora cuando llega tarde a una junta o se come más de una rebanada de pastel admite: Pues ya qué.

—¿Te acuerdas de esa libretita que tenía donde anotaba cuántos cafés se tomaban sus empleadas de la oficina y luego hacía un recuento mensual?

Antes de contestarle, Norma hace un recuento de los otros inventarios de la tía, con sus empleadas de la oficina, con las de la casa. Con nosotras. Logró hacerme reír. Y por unos minutos, solo por unos minutos, nos olvidamos de lo que nos tenía en esta mesa.

Norma y yo somos muy diferentes. Es el tipo de persona con una opinión o una broma para todo y que siempre es bien recibida. Cuando salimos, lo cual no ocurre muy seguido, siempre alguien la saluda. Siempre fue muy popular. Desde la prepa tuvo un novio distinto cada semestre; cómo terminó casada con el más tarado de todos, no lo sé. Pero la quiere y la cuida, supongo que eso es lo principal. Sigo pensando que mi hermana pudo haber hecho más con su vida pero en realidad esto es lo que siempre quiso, tener una familia. Estar bien.

—¿No crees, Gris?

—Perdón, ¿qué me preguntabas?

—Que si no te daba miedo ir al basurero. Es un proyecto demasiado peligroso.

—No lo es.

—Vas a trabajar en un basurero, Gris, un basurero. Estará lleno de infecciones, enfermedades, esqueletos de animales. Tal vez hasta de personas.

—Norma, somos todo un equipo. Sé lo que estamos haciendo.

—*Sabemos.*

—¿Qué?

—Querrás decir: Sabemos lo que estamos haciendo. Ya te estás convirtiendo en la tía. En el despacho borraba la labor de todos en un caso. Gané, solía decir, en vez de: Ganamos.

—No, por supuesto que no soy como la tía.

No lo soy.

6

Le caíste bien al Javier, qué bueno, él es casi casi de la familia. Y a la familia se le respeta. Sí, oíste bien. Familia. Vivir juntas nos obliga a convivir como en familia, y como en toda buena familia, aquí sobran amor y pleitos y, no te voy a mentir, uno que otro arañazo y jalón de greñas. Tienes que ser respetuosa de tus mayores, aprender de las expertas, y estar siempre dispuesta a ser un oído para las penas de la otra. Porque, apréndetelo bien, no hay pena más honda ni soledad más profunda que la que enfrentamos nosotras día con día. Si yo te contara todo lo que cargamos, mija. Unas tuvimos que dejarlo todo para ser las que somos, otras han tenido que soportarlo todo por haber elegido esta vida. Otras más, a pesar de que lo intentan, no pueden salir de aquí. Todas, todas, todas somos sobrevivientes de algo y tenemos que estar al pie del cañón las unas por las otras. Yo sé que no siempre se puede, te digo, nunca faltan los malentendidos, pero unidas todo es mejor. Al principio te será difícil. Tú me ves toda desenvuelta ahora, pero cuando llegué era tan tímida como tú y tan pero tan bruta. Bruto, era bruto, porque cuando llegué todavía era Raymundo. Bruto pero no pendejo, me peleé con un bato que estaba molestando a una muchacha acá enque el Javier y me vio Linda, la dueña de todo esto. Cuando las cosas se calmaron se me acercó y me sacó plática. Le conté mi historia, que estaba escapando, que no tenía casa ni en qué caerme muerto y me dijo: Mira, muchacho, estás grandote y fuerte, quédate a partirle el hocico a los que molesten a mis muchachas y yo te doy techo y comida. Poco a poco fui encontrando mi lugar. Aquí una encuentra su lugar sin importar la biología o las creencias. Nosotras, a diferencia de otros llamémoslos sindicatos, somos de raíz diversa. Eso no se ve en otras partes, los sindicatos de prostis generalmente se dividen en aquellos de puras mujeres biológicas, aquellos de travestis, aquellos de jotas, aquellos de batos. Nosotras no, y eso es algo que Linda decidió muy al principio de fundar esto: aquí cabemos todas. Eso es lo que nos distingue en el mercado. Aquí hasta el más fetichista encuentra lo que sea que busca, chicas jovencitas, chicas más maduritas, chicas con verga y chichis, así como chicas sin verga y chichis de mentiritas, sin menospreciar a los muchachitos con cara de angelito. ¿Que qué es fetichista? Ay, mija, mejor eso te lo explico otro día. Por lo pronto, que te quede claro, seremos muy diversas, pero eso sí: muy unidas. Eso es especialmente importante ahora, ve cómo están las cosas en Juárez.

Caminar más allá de nuestras calles en nuestro barrio puede ser peligroso, ya no se sabe. Así que tienes que hacerte a la idea de que podemos estar todas peleadas por un pintalabios o por un pinche cliente baboso, pero a la hora de la hora, estamos las unas con las otras. Las-unas-con-las-otras, ¿te queda claro? A la hora de los trancazos somos más familia que la misma sagrada familia. Y si no me crees, pregúntaselo al Javier. ¿Verdad, Javier, que la nuestra es una familia como ninguna? Ay, este Javier, siempre tan bromista. No le hagas caso, mija, que de disfuncional no tenemos más que lo necesario. Mientras lo que disfuncione no sea el pito, todo bien. Ni te he preguntado, ¿ya te hiciste la jarocha o tú te escondes el tuyo? ¿Cómo lo escondes? Ya sé que suena a pregunta pendeja porque nomás hay una forma de hacerlo, pero me refiero a… ajá, a eso.

Y, ahí perdonarás la indiscreción, ¿la tienes grande, mediana o average? Ja, ja, ja, te pusiste morada, mija, morada.

Pero ¿de qué te estaba hablando antes? Ah sí, de nuestra diversidad. Mira, tenemos enemigas por todos lados, la competencia no entiende nuestra filosofía. No les gusta que estamos revueltas. La premisa es: Si todas somos putas, ¿pa qué estar separadas? Entre nosotras hay de todo. Ahorita activas activas somos cinco: la Bibi, la Tijeras, la Serna, la Rusa y yo. Ellas no son como tú, como la Bibi o como yo, ellas sí son mujeres biológicas y ecológicas. Pito o no, todas talonean igual de duro. Unas llegaron de otros sindicatos, de otros barrios, de otras ciudades, somos de todos géneros y de todas edades. Van y vienen. Unas llegaron así de jovencitas como tú. Todas reciben su educación conmigo porque, por ejemplo, si ya han taloneado, vienen con sus mañas y hay que hacerlas a nuestros modos. Otras no duran. Unas más se quieren quedar por más que las quiera correr por cabronas y peleoneras. Otras se mantienen al pie del cañón aquí. Ahorita, te digo, somos pocas; pero mejor para ti porque quiere decir que hay lugar, yo tengo que asegurarme de que sí, de que te mereces una oportunidad entre nosotras y nuestra armonía. Lo de armonía es un decir, hay veces que esto es como gallinero a mediodía, pareciera que se ponen de acuerdo: por la menstruación o por las inyecciones de hormonas o nomás porque les da su pinche gana hay días que todas son bien rompepelotas, mija. Pero quita esa cara, no es para tanto, seguro en tu casa también hubo pleitos, gritos, insultos, así son todas las familias.

Por ejemplo, nuestra preocupación es que la Bibi que anda que se jarochea. Sí, se quiere operar. Por eso le entró a la taloneada, digamos que de su pito va a salir la lana para que se quite el pito. Uy, pues claaaaro que tiene miedo, imagínate. Pero está empeñada en quitárselo. En el edificio unas la apoyan y otras no tanto, se la pasan diciéndole que se lo piense bien que luego no hay regreso, que una cirugía es una cirugía, que la recuperación. Ya una vez le dio por meterse bisturí con su propia mano en un ataque de histeria, logramos detenerla. Ay, si yo te contara, los gritos, la sangre, el desmadre. Buen susto nos metió. No, mija, por telenovelas aquí no paramos, somos más intensas que cualquier capítulo de ese programa de la Silvia Pinal, ¿te acuerdas de él? Qué te vas a acordar si tienes cara de haber nacido hace como tres días. Ah, ¿lo veías con tu mamá? Uy, no, olvídate de que yo pudiera ver telenovelas o el programa de Silvia Pinal con mi amá o mi nana. Lo tenía que ver a escondidas. Pero, ay, me distraigo y mejor le seguimos con tu entrenamiento.

No sé si te pudiste dar cuenta, pero aquí todo está a una caminata de distancia: la esquina, el Javier, el hotel, nuestros depas, la farmacia. El barrio es bondadoso, el barrio es bueno, el barrio nos da todo. Amigos, todo. Por eso aquí estamos. No hay necesidad de ir más allá de la Panamericana o al centro, todo lo que necesitas está aquí. Todo, dije. Los clientes son los que vienen acá, solo hay que estar cada una en su esquina, si acaso darse una pequeña vueltecita y listo, de ahí sale para la semana. ¿De qué tipo? Digamos que tenemos una variedad de clientes, ahí tienes carros bien flamantes, camionetas tipo narco, los clásicos vochitos que hasta pena dan. Uno que otro cliente llega caminando, recién salidito de la chamba o de enque el Javier. Pero todos, y esto lo digo subrayado, *todos* están faltos de cariño, frescura, pasión. Ahí es donde entramos nosotras, o los dejamos entrar, según sea el caso.

Una está aquí para darles cariño, frescura, pasión.

En los buenos tiempos se veían más placas texanas, gringos que cruzaban el puente y se venían hasta acá, para venirse acá, ja, ja. También teníamos soldados, pero comenzó la guerra y ya ninguno cruza. Irak nos chingó, mija. Les dejaron de dar permiso de cruzar a nuestros soldados y bueno, nuestra economía se vino abajo. Y no nomás la nuestra, bares, tiendas, restoranes, todo, mija, todo. Uuuuuy, sí, mija, antes sí, antes los veías en todos lados. No, sin uniforme, ¿cómo crees? Pero son fáciles de reconocer, peladitos de la cabeza, derechitos al caminar, siempre en grupos. Eran nuestros favoritos, no exagero si te digo que varias de las muchachas tenían la esperanza de que alguno se enamorara de ellas y se las llevara al otro lado, ¿cómo que a qué?, pues a vivir el american dream, mija. No, fíjate, todo mundo piensa que son violentos por su background en la army, pero no todos. Generalmente son dulces corderitos, como que a eso vienen, a tener su dosis de ternura genuina. Ahhh, ya me puse nostálgica, es que esos eran buenos tiempos, gringos y soldados, vaya que los cobrábamos bien. Gran parte de mis ahorros viene de esa época, ahora cuando mucho un veinte o treinta por ciento de lo que gano es lo que puedo ahorrar, el resto se me va en pagar pura pinche pendejada. Ahorrar, mija, ahorrar, es el mejor consejo que te puedo dar. Yo estoy ahorrando para mi retiro, me voy a ir a… No, pues, ahora puro chero montaperro nos cae de cliente, algún escuincle desbalagado que quiere ser desvirgado, algún jarioso con dinerito extra. No me malentiendas, sí tenemos muchos clientes, nomás que ya hay menos clientela de abolengo, pues. Ya nomás nos quedan los políticos o los godínez de los políticos. No son mis favoritos, te diré, siempre andan en cosas turbias y no sé, me da cosa que terminemos enredadas en alguna pendejada, como eso del diputado que… ¿Yo, de un soldado? Ay, siempre, mija, siempre. Tú ponme un soldado y me enamoro. Y es que a mí nomás me dicen buenos días con voz aterciopelada y caigo redondita, nomás huelo jaboncito y veo ropa bien planchada y ya no hay vuelta. Pero hasta eso, nunca perdí piso con ningún soldado o gringo cualquiera. El american dream y yo no nos llevamos bien. Otro día te cuento porque… ay, total, es temprano, te cuento un poquito. Mira, mija, es que se podría decir que yo ya viví el famoso sueño americano, pero resulta que ese no era el mío y se estaba volviendo pesadilla. Y de las pesadillas hay que escapar y yo, antes de ser padre y señor de familia, salí corriendo y lo perdí todo. O casi todo. Pero al perderlo todo una siempre termina ganando algo, nomás que no lo ves, no al principio. Ay, ya estoy como siempre contando mis secretos y soltando toda la sopa en la primera cita.

Y hablando de soltar la sopa, es mejor no hablar con cualquiera que se te acerca. Me explico: al cliente luego luego se le reconoce por la sonrisita coqueta, la miradita que te embicha en un segundo. Es fácil. Pero hay otros que nomás andan de preguntones y que ni para una cocacola te dan. No sucede mucho, pero sucede. Mi teoría es que son periodistas o escritores que quieren escribir de «las oscuras y turbulentas vidas en la frontera», o de «las grandes damas de la noche», o una mamada así. Fisgones, eso son, fisgones que quieren saber de nuestros clientes, de los que se hicieron famosos por matar a un wey, de los que mueven droga por el barrio, de los políticos, o de los políticos que son famosos por matar a alguien, mover droga o las dos cosas. De todo hay en el jardín de nuestro señor. Uy, mija, ya los verás. Llegan muy carita ofreciendo el cigarrito o la copa y como que no quiere la cosa comienzan pregunta tras pregunta. Con ellos, tú, pico de cera.

Ora que, si lo haces, muy tu pedo. Nomás no nos metas a las demás. Ni nombres ni apodos. Te digo, esta es tu familia y a la familia se le protege. Y vale más que te lo diga, si un día abres la boca de más y nos metes en problemas, despídete de tu esquina y de mi protección. Una vez vino uno a preguntar justo de la Cafre, Dios la tenga en su gloria a la pobre, el tipo este quería los engorrosos detalles de cómo la encontramos. Lo mandamos a chingar a su madre, por supuesto. ¿A la Cafre? Híjole, mija, ahí si tocas fibras muy sensibles. Nos la mataron, mija, nos mataron a la Cafre. No pasa un día en que no piense en ella. Llegamos a talonear aquí casi al mismo tiempo, éramos hermanas ella, la Bonita y yo, de arriba pabajo siempre juntas. Un mujerón la Cafre, la más guapa de todas y el pendejo que la mató hasta eso le quitó, ¿crees que le tasajeó la cara también? Hay gente mala, mija, gente retorcida, gente que se va a ir directito al infierno, te lo digo. Vivimos tiempos en los que ser mujer es peligroso, pero eso debes saberlo, ¿no? Todos en esta ciudad hemos oído el rumor ese de las muertas. A lo mejor no lo ves en el periódico, ni lo escuchas en la radio, pero te lo cuentan en la calle, muertas acá en el barrio, muertas allá en el centro, muertas en la periferia, muertas en el basurero. Muertas y más muertas, carajo. Pero escúchame bien, yo estoy segurísima que detrás de esto hay otra cosa, porque qué casualidad que casi todas, si no todas, trabajaban en la maquila. Y en la maquila, todos lo sabemos, están en calidad de esclavas, son abusadas, acosadas, obligadas a ve tú a saber qué…

Ay, este tema ya se puso escabroso, Javier, un caballito, por favor.

No, el de la Cafre fue otro asunto, pero después de que mataron a la Cafre hacían redadas a cada rato, incluso aquí con el Javier. Era pura faramalla nomás pa que creyéramos que las autoridades sí hacían algo. Nosotras éramos las primeras en desfilar pa la reja, como si no fuéramos las víctimas. Un cotorreo que hacíamos todas juntas ahí, nada como estar con tu familia aunque sea en el bote. Al otro día un bañito, un café, unos huevitos con chilorio del Javier y como nuevas aunque por dentro nos sintiéramos de la chingada. Nos reíamos entonces, ahora ni madres que nos reímos si nos llevan al bote porque ahora los chotas no se andan con juegos, ahora sí que dan miedo. No, a un chota ni los buenos días ni pedirle prestado.

Y hablando de prestado, no pidas nada a ninguna de las chicas pero eso sí, presta cuando te pidan, es la regla. Y hazte la idea de que lo que prestas no vuelve. Si lo haces, las demás te verán con buenos ojos y poco a poco irás entrando en el círculo. Aquí el respeto es más que una palabra, es una ley. Cada una respeta a los clientes de la otra, ya sabes, los «clientes frecuentes» como dicen en el súper. La Bonita, por ejemplo, cruzó esa línea de respeto y ni te cuento. Ella ya no está con nosotros. No, cállate. Cancelación de su contrato, no la mataron ni nada, nomás ya no está aquí, tuve que correrla. Su esquina es justo la que te va a tocar. ¡Uy, qué no pasó! Resulta que la Bonita se metió con el Inge que era un frecuente casi casi novio de la Toña, otra que tampoco está ya con nosotras. No te imaginas la que se armó, primero se hicieron de palabras, luego de gritos, al ratito vinieron los empujones. La Toña acabó con el hocico floreado y la Bonita con nariz como de boxeador de rancho. Un pedototote. Y es que para las peleas las putas somos las peores o las mejores, a según. ¿Por qué? No sé, pero lo somos. A lo mejor es porque nos hemos forjado a madrazos. Mija, si no sabes cuidarte a ti misma, aquí no sobrevives y punto. Tras bambalinas siempre vas a oír historias tipo a mí me pegaba mi papá y cuando no me pegaba mi papá me pegaba mi mamá y cuando no me pegaba mi mamá me pegaba mi padrastro y cuando no me pegaba mi padrastro siempre había alguien más. No, no siempre es el caso. A mí nadie me pegaba y veme: hecha y derecha aquí, a punto de celebrar mi quinceañera.

¿Qué fue de la Bonita? Pues ese es un cuento largo, primero salió de circulación mientras se aliviaba de los trancazos que le puso la Toña. Pero apenas se alivió, no pasó una semana antes de que se metiera en otro pedo, luego otro y así ene veces. Podía ser muy conflictiva. Te voy a ser muy muy franca, me dolió mucho ponerla de patitas en la calle porque dentro de todo era muy buena persona. La Bonita se quitaba la camisa para ayudar a otro, por eso yo me hice de la vista gorda y le aguanté tanto. Y no era cariñosa, era medio seca, pero bien empática y entrona. Pero con sus pedos, la Bonita estaba arriesgándonos a todas, así que adiós. La extraño, ella y la Cafre son una época para mí. Y así se lo dije, te voy a extrañar, pero esto de plano no funciona. Lo aceptó todo casi con elegancia. Le dije que si alguna vez tenía apuros, verdaderos apuros, me buscara.

Bueno, ¿qué más te digo?

Ah, la imagen, sí, sí, hablemos de la imagen. Lo que tú proyectas en la calle es lo que atrae o repele a los clientes. En este negocio, como te has de imaginar, la imagen es lo más importante. Para muestra aquí yo tu botón. Deja me paro y me doy una vueltita, Javier, música que le voy a modelar a nuestra recién llegada. Ay, no, ¿cómo una de Paquita? Esas no son pa modelar, Javier. Ándale, esa, esa está mejor. Échate tu taco de ojo, mija. Hay quien diría que ya estoy vieja para esta ropa, para estos trotes, pero como te puedes dar cuenta, estoy al cien, si hasta parezco una Barbie. Y eso es porque cuido mi imagen siempre. Hasta para salir al patio a barrer me rizo las pestañas. La imagen lo es todo, especialmente para mujeres como tú y como yo que no tuvimos la suerte de ser aceptadas como mujeres desde el nacimiento. Debes acentuar tus rasgos, buscar el balance, tu rostro y tu vestir ni muy exagerado ni muy desangelado. Te quiero muy femeninita siempre. No se trata de confundir al cliente y que el pobre crea que se lleva a una damita, y resulte que la damita viene con sorpresa. Claro que pasa, nunca falta un miope desbalagado que te alza la falda y cuando te ve el cañón entre las piernas, se acaba la fiesta. Si yo te contara de las veces que hemos acabado vueltas mierda nomás porque un pendejo borracho no se fijó bien en lo que alzaba de la esquina.

Si talonear es difícil, talonear while transsexual, es más difícil, so get ready. ¿El inglés? Fíjate que lo aprendí en la prepa y luego pues lo perfeccioné trabajando en el otro lado. Sí, en El Paso. Allá era lo que se dice un paralegal. ¿Que qué es? Ay, pues un vil correveidile. Una chinga de veras. No más que esta, pero chinga al fin. Esa fue mi última participación en el mundo laboral bajo el nombre de Raymundo. Oye, échate algo más, ¿no? Válgame, qué bien portada, mira, si es por dinero pídete lo que quieras que yo te estoy invitando.

Javier, Javieeeer.

Este Javier anda en las nubes. Ha de andar en sus días, o sea, en sus días de enamorado. Le pasa al menos una vez cada dos, tres meses, se entrega enterito y pasa que luego se aburre o a la susodicha le gusta, pero le asusta como dice la canción. Si nosotras no la tenemos fácil, mija, créeme que los que son como el Javier mucho menos. Enamorarse y acostarse con alguien como el Javier es un gusto adquirido. Y es que hay mujeres que piensan que hombre es solo el que tiene pito entre las piernas, pero hombre es el que quiere serlo. Y mujer también, claro.

Naaaambre, ¿cómo crees? El Javier y yo nunca nada, más bien a veces hasta le echamos el ojo a la misma becerrita. Sí, mija, de cuando en cuando me doy gustito, yo soy muy fluida ahí donde me ves. Y por fluida me ha ido como me ha ido, a mí me han roto el corazón mujeres y hombres por igual. Y es que yo me vengo y me enamoro, me enamoro de a de veras.

¿Que si cuántas veces me he enamorado? Ay, mija, una pierde la cuenta con el tiempo. En mi vida ha habido jefas, colegas, chotas, clientes, uuuuhhh. Y hablando de clientes, deja te cuento que con nosotras cae un wey que mide casi dos metros. Es fornido, bigotón, brazos peludos, piernas de acero, huele a jabón de avena. Papito. Ese es un hombre de excesos, o más bien de extremos, le gustan o más chiquitas o más grandotas que él, pero nada de su altura. Se llama Goyo, es un frecuente y le da por pedir y dar pellizcos, nalgadas, mordidas y cachetadas. Nunca ha lastimado a nadie, pero si no le sabes la maña, pues te cagas del susto. Quita esa cara, que con el Goyo no te mandaría, no, al Goyo solo le mando a las más adiestradas. Te lo cuento para que te des una idea de la clientela, mija.

Yo en mis tiempos tenía un cliente que solo venía a que yo me lo nalgueara. También le gustaba que le dijera no a todo. Me gustaba tanto. Y es que estaba guapo el jodido. Total, que un día amanecí tierna y en vez de mordidas, besos, en vez de taconazos, cariños. Puro amor yo, y no me creerás, pero eso justo fue lo que le hizo perder el control. Terminé con esta cicatriz. Esta, ¿la ves? Aquí, mira. Mira, va de aquí a acá, me cruza la ceja. Es que con buen maquillaje todo se tapa.

Ah, qué bueno que me acordé, eso, eso también tienes que aprenderlo. No es que te quiera asustar, pero aquí a veces llegan tipos que tiran trancazos y aunque eso no lo autorizamos en la gerencia, no podemos librarte de todo. No es broma, mija, te lo digo en serio, hay mucho loco aquí. Pero no te asustes. Bueno sí, poquito. Asústate poquito, así vas a estar con tus sentidos bien alerta. Si la cosa con un cliente se pone rara, tú compermisito, joven, aquí se acabó el servicio y te vienes conmigo.

7

Ella sonreía mientras le mostraba la casa, la felicidad en sus ojos. Lo tomó del codo y le dijo apuntando a la cocina: Es pequeña pero limpia y honesta, además hay comida a diario. Alisando la pared tras el fregadero: Mira, tiene las cuatro paredes, firmes todas. Ventanas, puerta y chapa. Una buena chapa. Abrió y cerró la puerta para mostrarle que de veras era una buena chapa, importante tenerla en este barrio, le dijo. Aunque ahora contigo aquí, pues, nos vamos a sentir más seguras.

Siguió: Acá dormimos, en esta mesa comemos, la llave esta ábrela con cuidado porque escupe por todos lados, la estufa nomás con encendedor o cerillos. No, el frío no se cuela por esa ranurita, el frío está en todos lados. El calor también lo sientes, entre que la casa es de bloque y aquí ya ves que en esta ciudad o te congelas o sudas hasta entre las uñas.

Él, me acuerdo bien, me daba la espalda, yo no podía verlo ni él a mí.

Pie de casa, así se llama, así las repartió el gobierno como para que luego cada uno, con el terreno de atrás, la creciera, cuartos, otro baño, ¿pero yo cómo iba a construir todo eso? Por eso dejé así todo en el mismo lugar: la cocina, la sala, el comedor, el cuarto. Una casa es una casa y la nuestra tiene chapa.

Luego, lo sentó en nuestra mesa. ¿Tienes hambre? Deja ver qué te preparo, tengo muy buena sazón. En las casas casi que prefieren que yo mejor solo cocine en vez de limpiar, barrer, cuidar niños. Así de buena. Mi sueño es abrir una lonchería, cenaduría o algo así. «Cenaduría La Chatita», así me decía mi apá de chica. Chatita. Por mi nariz, ¿ves que la tengo agachadita? Oye, pero primero vas a ver, este té de árnica que te voy a preparar te va a caer bien. Es lo mejor para el dolor, porque mira cómo te pusieron esos cabrones. Ay, qué sonsa, pero si dije que iba a curarte. Niña, pásame esa bolsa, traje un poquito de mandado.

Fue entonces que él me descubrió. Yo estaba ahí, entre la estufa y la mesa, mirándolo, tratando de entender. Me miró de pies a cabeza, su mirada iba de mí a ella, de ella a mí. Le preguntó si yo era su hija. Ella solo dijo: Niña, la bolsa, tráemela te digo. Primero hay que limpiarte la herida de la ceja, es la que me preocupa más. Un poquito de agua oxigenada, un chorrito. Ay, si esto no arde, espérate al alcohol. Ja, ja, tan grandote y tan chillón. Te vieran los del bar y más te daban y ya no por defender a una vieja, sino por portarte como una. Listo, ahora el té. Este té me lo enseñó a hacer una clienta que tuve, le dijo. Te relaja, músculos, todo. ¿Y tú, qué haces ahí parada? Ayúdame, en esas bolsas hay mandado. ¿Comiste algo? Me preguntó como si se acabara de ir hace apenas un par de horas.

No le contesté. Me concentré en sacar el mandado y esquivar su mirada. ¿Cómo te llamas? Me preguntó él. Me quedé callada. ¿Cuántos años tienes? Y yo nada. Te comieron la lengua los ratones, dijo al final y me dio un pellizco en los cachetes, suave, apenas, de esos que no duelen, de esos que te das cuenta que te gustan una vez que ya pasaron.

Ella nos vio, le dijo que sí, que yo era tan callada que sí que parecía que me habían comido la lengua los ratones. Pero lee muy bonito en voz alta, un día dile que te lea, verás qué bonito lee. ¿Verdad, niña?

Luego volvió a lo suyo, un caldito de pollo, eso voy a hacerte, dijo ella. Pensé que me lo decía a mí. Uy, no traje cebolla, pero no pasa nada, el cubito trae. Ese es mi secreto, coso el pollo en agua y además le agrego medio cubito de caldo. Pollo con sabor a pollo. Se reía y se reía.

La taza humeaba frente al rostro de ese hombre. Me senté frente a él y me puse a verlo. El cabello alborotado, un ojo morado tan hinchado que me pregunté qué tanto podía ver. La ceja ahora con una curita que no cubría ni la mitad de la herida. Los nudillos lastimados, sangre en las orillas. Bebió un trago. Está muy caliente, dijo. Ya sé, pero tómatelo así, te va a caer bien. Pero está demasiado caliente. Tómatelo, yo sé lo que te digo. En ese momento no lo vi, pero ahora que lo recuerdo, creo que su mirada era la de un perro que tuve que parecía que siempre tenía harto coraje pero que, al mismo tiempo, sabía que ni pa qué gruñir.

Ya no estaremos solas, me dijo mientras le sobaba a él los hombros. El Roge va a vivir con nosotras, agregó. No supe qué decir, igual y ¿qué iba yo a decir? Este hombre me salvó, murmuró ella mientras lo acomodaba en su catre. Este hombre me salvó la vida, este hombre, este hombre, repetía. Estábamos en el bar, niña, y él, él me salvó.

Lo envolvió en una de nuestras dos cobijas. Le acomodó la almohada bajo la cabeza y le dijo: Ya eres mío. La vi besarle las manos y decirle, te vas a quedar aquí, con nosotras, te vamos a cuidar y nos vas a cuidar. Yo primero no entendía cómo nos iba a cuidar si estaba todo golpeado. Menos lo entendí cuando pasaron y pasaron los días y seguía en la cama. Ni la radio podíamos tener prendida, Shhh, ¿no ves que está malo y necesita descanso?, me decía ella y luego ponía un dedo en la boca para recordarme que me estuviera callada.

Un día, de la nada, él se levantó y después de tomarse un café y voltear alrededor dijo: Aquí hay mucho que hacer.

Se vistió. Agarró su camioneta. Se fue sin decir a dónde o cuándo volvía. Ella un mar de llanto. Ella llore y llore y llore y llore. Su cara de no saber qué hacer. Estaba como yo cuando pensé que ella no volvería y me dejaría sola. Solo que yo no lloré tanto y él, él no se tardó ni dos horas en volver.

Trajo cajas con clavos, un martillo, maderas. Arregló el respaldo de una silla, ese huequito por donde entraban moscos, cucarachas y hasta un chiflón. Ahorita puede que no importe, dijo, pero nomás llegue el invierno ya verás. Arregló el techo y ese par de fugas en la tubería. A los días se fueron juntos de cacería y trajeron un colchón, un sofá de esos para dos personas, otra mesa. Vamos a conseguir material para construir ese otro cuarto, dijo.

Gracias a él la nuestra se fue haciendo más casa y la nuestra, una familia.

Sacábamos las sillas a platicar, a reír, a cantar canciones. A contar chistes. Nunca la había oído reír tanto, aun cuando a veces no entendía las bromas, me reía nomás por su risa. Estábamos tan a gusto los tres que las calurosas noches de agosto refrescaban solo para nosotros. En la cocina siempre había comida. Leche, queso, a veces hasta huevo, un poco de pan. Salchichas. Cereal azucarado. ¿Ves? Por eso es bueno tener un hombre, me repetía ella. Te cuidan, te traen comida. Ven por ti. Lo llenaba de besos todo el día. Por las noches me mandaba a leer afuera mientras ellos hacían sus cosas.

Recuerdo un día en especial, estaba yo ahí afuera leyendo otra vez mi libro de *Alicia en el país de las maravillas*, estaba yo en la parte en la que Alicia habla con la oruga, y uno de los vecinos me dijo: Niña, niña, dile a tus papás que nos prometieron venir a jugar dominó con nosotros, diles que acá los esperamos.

Tus papás.

Eso dijo el vecino, tus papás. Cerré el libro y le dije: Mis papás están dormidos.

Mis papás.

El corazón me latía bien fuerte, sentía que me iba a explotar, sentía que yo iba a explotar. Tener una familia es como tener una buena chapa, una chapa brillosa, una chapa tan pero tan fuerte que nadie puede tumbarte.

Pos despiértalos, nos prometieron venir a jugar dominó con nosotros, dijo el vecino como si nada, pero yo lo sentí como si todo.

8

La travesía inicia desde que salimos del hospital, conseguir esta y aquella autorización, firmar este y aquel papel para que nos puedan designar una van con chofer. Les habíamos dicho que uno de nosotros manejaría, pero no lo permitieron. La seguridad, todo retraso burocrático siempre tiene que ver con la seguridad y con el hecho de que como nada nos pertenece, ni nuestras ideas, hay que llevar a cabo trámites.

Para llegar al puente migratorio el chofer toma Paisano. Me gusta que tome esta ruta. Recorreremos diferentes caras de la ciudad, despachos, clínicas, escuelas, barrios que han estado aquí desde siempre. Luego al cruzar a Juárez los rubros se repiten: despachos, clínicas, escuelas, casas de cambio, bares, centros comerciales. Avanzamos por una ciudad que por crecer aprisa ha crecido como puede. Al principio hablamos un poco, repasamos las estrategias, alguien bromea sobre comer aquí o allá y dejar todo para otro día. Alguien nota cómo vamos a la orilla de un lugar que siempre ha sido orilla.

—They say people here is very kind, is that true? —pregunta uno de los asistentes más jóvenes. Es su primera vez en México.

Le digo que sí y me quedo con la gana de agregar que eso no es necesariamente lo que encontraremos en el asentamiento. Debe imaginarlo y si no, va a descubrirlo.

Llevamos casi una hora en el auto y todavía nos falta un trecho. Es como si las avenidas nunca acabaran, como si la vida no quisiera desaparecer, pero lo hace. Eventualmente lo hace. Las casas se van haciendo más pequeñas, más deterioradas, más solas. Menos casas. El paisaje se compone de construcciones desiguales, hechas con lo que hay. Sus partes no se reparan, se reemplazan. Desaparecen las ventanas, los techos de varias texturas se erigen sobre muros a punto de renunciar. Son como una promesa que no va a cumplirse nunca.

—Is that a house or a storage? —dice el mismo asistente.

—Both —le contesta Henry.

Y sí, porque todo aquí tiene dos o más funciones. Los carros abandonados pueden ser una casa o un almacén. Una llanta vieja se vuelve maceta. Todo tiene más de una vida.

Intento imaginar a mis padres aquí o cerca de aquí. Hablando con la gente, educándola. Sí los recuerdo diciéndonos que debíamos comernos todo, que había gente con menos recursos, oportunidades.

—¿Pobrecitos, mamá? —preguntaba Norma en vez de decir pobres.

—Sí, chiquita, sí, pobrecitos.

La primera vez que, ya en la maestría, hablé de los barrios que crecen alrededor o dentro o de los basureros municipales, gente que vive de lo que otros desechan, mis maestros y compañeros me miraron como si estuviera describiendo una novela apocalíptica. Les parecía más sencillo entender a los barrios de okupas que a estos que nadie planeó construir y que surgieron, simplemente surgieron, de la tierra. O de la basura.

Nuestra misión es comprender el mundo de la basurología en todos sus niveles. Sabemos por supuesto que está la basura domiciliaria y la industrial, pero lo que nos interesa es ver en qué la convierten, qué hacen para volverla apta de uso. Es también nuestra tarea escuchar las voces de quienes realizan todo eso, conocer a quienes trabajan y habitan la basura. Esto, probablemente, será lo más difícil porque se trata de ganarnos su confianza. Y si de algo sirvió la clínica fue de eso. Algunos vecinos ya nos ubican y nos saludan, nos comparten sus experiencias. A otros no les importamos o, peor aún, les incomodamos.

Pienso en la tía. En todo lo que hizo ella para ganarse nuestra confianza. Norma lloraba todo el tiempo las primeras semanas en la nueva escuela y no quería decir qué le ocurría. Yo no hablaba. La tía no era una mujer paciente en esa época, o no nos lo parecía, aparte estaba ocupada todo el tiempo. Y sin embargo, nos preguntaba, nos hablaba, nos acercaba un vaso de leche y galletas, nos enseñaba fotos de cuando ella y mamá eran niñas. Las dos, aunque solo puedo hablar por mí, nos fuimos sintiendo más cercanas a ellas. Desde entonces cualquier cosita que le pasa a Norma llega primero a oídos de la tía.

Así que, como la tía, lo que toca es ser paciente, estar ahí hasta ganarnos su confianza.

En la clínica móvil la labor era sencilla, solo se trataba de instalarse en el camión y recibir a los pacientes. Esto, en cambio, no sé cómo será. Llevamos dos horas caminando sobre cosas a las que estamos acostumbrados a tenerle asco. Pisando tierra muerta.

Muerta, es raro decirlo, en especial porque en esa tierra *muerta* hay tanta vida. Este lugar es barullo, risas, una canción que nunca se acaba. No sé cómo lo imaginé, supongo que esperaba silencio o gritos, porque así se comunican la rabia y la tristeza. Y yo creía que este era un lugar de lo uno o lo otro. En cambio la gente bromea, ríe, lo pasa bien. Bastó decirles que queríamos entrevistarlas para que dos señoras de inmediato me contaran su vida. Se ven contentas. Como si no tuvieran intención alguna de irse de aquí.

Fui yo quien sugirió a todos que hicieran un esfuerzo por no mostrar su shock ante lo que veríamos y soy precisamente yo quien debió fingirlo aún más y quien primero se subió de regreso a la van. Todo rebasaba mi imaginación.

El mayor espectáculo de ese día fue la llegada del camión. Las personas, cubiertas por entero con telas, gorras, pañuelos encima de boca y nariz, se colocaron justo abajo del camión. Entonces, una cascada de bolsas, cajas, ropa, zapatos, objetos que, por la rapidez con que caían, era imposible distinguir. Todo un mundo de basura. El desperdicio de la ciudad separado por manos expertas.

—Are you ok? —me pregunta Henry.

—Yes. —No me atrevo a decirle que no, que no estaba lista para todo eso.

—Look at this —me dice mostrándome una fotografía de su cámara.

Es una chica que, a diferencia de los demás, no se cubre del sol ni del polvo. No está bajo la cascada. Ella parece estar ahí también para estudiar. Mira desde lejos parada en un montículo de basura, como un lobo cuidando a su manada.

9

La clave de tu imagen está en exagerar un poquito más, ¿en qué?, en todo: el cabello, la pestaña, la cara, el ajuar. Yo te daré un cursito en rizado de pestañas, rubor y rayita de chola. Eso llama mucho últimamente, la rayita de chola. Esta que ves aquí fue hecha con la precisión de un cirujano. Y hablando de cirujanos, le vamos a decir a la Bibi que te ayude en ese otro departamento que escondes. Ella diseñó una pantaleta que te acomoda el pito para que no estorbe y puedas ser toda tú. Aquí todos los detalles cuentan, el outfit, la voz, todo. Lo que quieres es que se note quién eres realmente y al mismo tiempo no. El cliente viene buscando algo en específico y nosotras estamos aquí para dárselo. Me gusta pensar que somos más bien damas de compañía que dan servicio al necesitado. ¿Yo? Pues muy a la larga. ¿Jubilada? Ay, mija, qué diera yo, pero todavía no es tiempo. Estoy ahorrando, eso sí, porque en unos años vaya que sí, me retiro y me largo de aquí. Amo mucho a mi Juaritos pero ya estuvo bueno. A dónde, pues mira, mi sueño es irme a Ecatepec, de ahí es toda mi familia, yo nací acá, pero ahí pasaba los veranos, ahí viví lo mejor de mi infancia y ahí voy a volver a mi tierra de los cerros, quiero ver otra vez de cerquita el cerro de Córdoba, el Chiquihuite, el Acetiado, el cerro Gordo. Ecatepec. El patio del meritito lago de Texcoco, ¿sabías? Ecatepec es mi Shangri-La. ¿Que Ecatepec es el baño del Distrito Federal? Ay, no sabes qué dices. Ora me vas a salir como la Tijeras que se la pasa diciéndome que no tarda en volverse peligroso, como Juaritos. ¿A ver, has estado ahí? ¿Ves? Ecatepec es el valle de México y para allá me voy a ir, ya verás. Bueno, para eso todavía falta mucho y ahora lo mío, lo mío es la administración del negocio. Yo lo hago todo: contabilidad, recursos humanos, comunicación social, manejo de activos y pasivos, o más bien, de activas y pasivas. Ay, niña, por qué no te ríes, fue chiste. Vale más que te acostumbres a mis chistes si vas a vivir con nosotras. Eres como muy seria. O será que no me pones atención, no creas que no me he dado cuenta que estás viendo y viendo tu telefonito.

Bueno, ya, hay que ir pidiendo la cuenta para que vayamos a casa y te enseñe yo la que podría ser tu nueva residencia.

No, caminar por aquí no es peligroso. O sea, no más peligroso que en cualquier otro lugar de la ciudad. Las cosas se están poniendo feas, sí, pero aquí en el barrio no, pues. Mira, esa de allá es la farmacia. La dueña a veces nos hace cara fea, pero su hijo bien que nos coquetea.

Allá en esa banqueta, en la noche, se pone un señor a vender elotes, uy, no sabes la cola que se hace. Y del otro lado, los fines de semana unos chavitos venden dogos.

Por aquí, sígueme, es una cuadra nomás. Aquí merito.

¿A poco no está chulo nuestro edificio? Es el color pistache lo que lo hace resaltar, ¿a poco no? Hasta se te olvida que por este rumbo está el pinche basurero municipal. Ahí merito. Ay, mija, no seas bruta, no se alcanza a ver desde aquí, y bendito sea tampoco se alcanza a oler. Pero avanzas unas cinco, siete cuadras más y comienza el tufillo. Bueno, no, diez cuadras. Tal vez quince. No sé, nunca camino hasta allá. Hay veranos que, eso sí, a veinte cuadras se siente su olor, una peste que corre, corre, corre y nos alcanza.

Te digo que aquí se está bien, todo está supercerca. Este edificio lo compró un novio de Linda. ¿Que si quién era? A pos un diputado que… Ah, Linda, preguntas por Linda, ay, mija, a veces me pierdo en los círculos de mi propia narrativa y es que hablo tanto en cada capacitación que… Anyway, la Linda es la que inició este negocio, ¿que no te lo había dicho ya? Sí, ya te lo había dicho, pero estás dale que dale con el telefonito. Mira, mejor guárdatelo. La Linda ya te lo hubiera roto a la chingada. Ella lo fue todo para nosotras. La madre de todas las putas, o de todos los vicios, diría el Javier. Los vicios somos nosotras, claro está. Ella es la fundadora de nuestro negocio. Llegó igual que tú y que yo, toda loser buscando chamba y el día menos pensado era ella quien lo administraba. Ella nos trajo a la Cafre, a la Bonita y a mí, nos hizo parte de su familia. Sigo con lo del dichoso diputado: entonces él le dijo a Linda: Conseguí este edificio para ti y para tus muchachas. Y ella primero no se lo tomó en serio y puro no y no y no, no me mudo ahí sin papeles de propiedad. Bien lista la Linda, bien sabía que ese edificio seguro salió de alguno de los negocios turbios del diputado ese. Sí, fíjate, diputados, secretarios, gente bien parada o nomás bien metida en la polaca eran nuestros mejores clientes en la época de la Linda. Pero luego, cuando me dejó a cargo, yo fui alejando a ese mercado, es que no sé, te digo que no quiero cosas turbias en mi negocio.

Total, un buen día con papeles en la mano nos dijo: Muchachas, nos mudamos. Y henos aquí desde entonces. Ahora el negocio lo llevo yo porque cuando la Linda empezó a ponerse malita, me heredó a mí todo su conocimiento y toda la chamba. Yo nomás le reporto su parte cada mes, lo demás me lo confía todito. Pero pásate, mija. Mira, aquí abajo lo tenemos como salita común, por eso la tele, el DVD, el sonido. Una de las chicas dice que compremos un aparato de esos de karaoke para cuando estemos de aburridotas. Acá en el segundo piso están dos baños y los cuartos de dos de las chicas. Tú vas a estar en el tercero justo al lado de mí, así te cuido y sigo con tu entrenamiento. Vamos, te enseño.

Aquí tienes lo básico, cama, tocador, clóset. Tú puedes decorarlo como quieras. Le tengo bien echado el ojo a ese cuarto. Cuando terminemos de arreglar las habitaciones del segundo piso, ahí te pondré; porque lo que quiero es tumbar la pared del que va a ser tu cuarto y del mío y así hacerme un ¿cómo le dicen los gringos? Un, un, un loft. Así un espacio grande grande para mí sola, con el ladrillo descubierto y las ventanas de par en par.

¿La Linda? Uy, la Linda se fue para el otro lado, a vivir con su hija y disfrutar sus últimos años de vida con tranquilidad. Eso quiero yo también, disfrutar mis últimos años con tranquilidad. Pero en Ecatepec, te digo, en Ecatepec. ¿Tú has estado ahí? No, feo nada, es puro valle. ¿Pura calle? Ay, chamaca, no me salgas con cosas, yo sé de lo que hablo. Bueno, no dudo que haya crecido, como todo, pero eso es progreso, ¿que no? Mira, si te soy sincera hace mucho que no voy. Desde el funeral de mi amá. Porque allá quiso que la enterraran la necia. Yo ya no la vi en sus últimos años. Primero me dejó de hablar y me corrió cuando le dije que era joto. Y, pues, impensable que me dirigiera la palabra cuando enterré a Raymundo y me volví en la Reyna. Yo le mandaba dinero con una de mis hermanas, me juré que nunca le iba a faltar nada y se lo cumplí. Vieras qué entierro tan bonito, el pueblo entero estaba ahí porque sea como sea mi mamá era hija pródiga de Ecatepec. Fue la primera en venirse a la frontera y la primera en sacar a su familia adelante sola. Por eso, por ella es que quiero irme a Ecatepec, que me entierren al lado de mi mamá y de mi nanita, debajo de los cerros, bajo ese cielo lleno de nubes, eso, eso quiero. Sí, ya llegará el momento de dejar este desierto que te gasta la vida, te empolva el sentido, te amenaza con tragarte a cada rato. Ay, qué dramática me puse.

Bueno, pero ¿qué te decía? Ah, el loft. Sí, quiero uno y desde mi cumbre verlas a todas ustedes moverse como hormigas mientras yo pico y pico el control remoto para ver mis programas favoritos.

¿Padrote? Ay, mija, tú no entiendes o estás tonta. Te digo que aquí soy yo y nada más que yo, yo soy tu padrota, tu madrota, tu todo, reina, tu todo. Aquí nadie manda más que yo, ya te dije, si alguien quiere pedo contigo tú me llamas y yo le rompo el hocico. Yo te protegeré a ti como protejo a todas. Nadie, vas a ver, nadie se va a meter contigo en cuanto sepan que eres de las mías, aquí me tienen respeto o miedo, no importa, pero aquí la que truena los chicharrones soy yo. Ay, haces que me encienda, niña, de por sí me prendo con cualquier cosita. Son las pinches hormonas, una puede tener siglos usándolas y de todos modos te chingan todo el tiempo, te juegan trampas, sacan lo peor de ti. Oye, y ¿qué hormonas tomas?, porque tomas hormonas, ¿verdad? Uy, esas son carísimas, con razón estás tan lista para unirte a nuestro sindicato. Mira, tranquila, de esas también hay genéricas y yo sé con quién comprarlas en abonos. Las que toma la Bibi son más bien caras, pero ella dice que las otras no le vienen bien. Yo ahorita recibo mis hormonas gratis porque tuve una doctora que entendió perfectamente lo que mi cuerpo necesitaba. Sí, tenía una doctora, es más, ella venía a verme a mí, consulta privada y todo. Pero ya me abandonó la gacha. Nomás vino un tiempito con otros gringos, de esos que vienen a salvar el mundo hasta que les sale otra cosa más pintoresca. Total que desde que se fue mi periodo es tan irregular. Sí, mija, si yo tengo mi periodo y todo, ¿qué te pasa? Nomás que el mío es distinto: no sangro, pero soy una perra todo el mes.

10

Promesas, él era todo promesas. Le prometía sacarla de este lugar. Le prometía una casa con cuartos, ventanas, clósets. Una lavadora. Te prometo, reina, que vas a vivir tus sueños. Nada de pepenar la vida allá. Nada de limpiar la casa de otros. Nada de ocuparse de lo ajeno. Ya nomás me llamen de esa chamba que te digo y ya verás.

A mí también comenzó a prometerme cosas, pero solo cuando ella no estaba. Decía que me haría un cuarto y que el cuarto sería rosa, y que tendría un librero y libros, muchos libros para que ya no le diera vuelta a los mismos que yo tenía. Y vas a volver a la escuela, nomás pase el verano, vas a volver. La educación es importante para que no acabes como…

Yo al principio nomás lo oía. Me entraba por un oído y me salía por el otro. Pero luego, eran tantas sus promesas, tantos sus planes, que terminé por emocionarme yo también y hacer los propios. Pensaba, voy a volver a la escuela y esta vez no voy a tener que caminar todas esas cuadras porque él me llevará en su camioneta y todos los del salón me van a ver. Yo les voy a decir adiós con la mano, hasta mañana, adiós adiós, mientras ellos caminantes bajo el rudo sol.

Pendeja, tres veces pendeja.

Si hay algún momento al que puedo confundir con la felicidad es ese, cuando vivíamos los tres juntos en esa casa. Porque siempre había música, risas, a veces hasta asábamos carne y cebollitas. Este es para mis reinas, decía cuando ponía un pedazo grande de carne al asador.

El verano se terminaba y se acercaba la hora de volver a la escuela. El cuarto rosa que tanto me decía que construiría para mí se fue convirtiendo en una casa, una casita mejor que esta. Una casita con rejas en las ventanas y flores en el jardín. Imagínatela nomás, decía. Una casa con un refri lleno de comida y, sobre la mesa, ese pan que tanto te gusta, ese queso que se derrite en la boca.

¿Pero cómo vamos a tener otra casa, de dónde vas a sacar dinero? Le preguntaba yo. Si me das un besito en el cachete te lo explico. Pero en serio, si tú no tienes un empleo como ella, tú nomás trabajas a ratitos, ¿cómo vas a? Te lo digo si te sientas sobre mis piernas. Y después de los besos y después de sentarme en sus piernas y después de dejarlo acariciarme la espalda siempre me decía: Yo tengo un secreto y no te lo puedo contar. Y tú tampoco, tú tampoco se lo puedes contar a ella. Y esto, decía mientras me besaba, esto tampoco se lo puedes contar.

Luego le dio por tocarme. Me acariciaba los muslos, me apretaba los brazos, me olía el cuello. Yo le decía que no, él me decía: Niña, eres casi como mi hija. Yo le decía que los papás no tocan así. ¿Cómo sabes si tú nunca tuviste uno? Los hombres son animales depredadores. Yo leí en algún lugar que no había animal más inteligente que un depredador. Embrujan a sus víctimas que casi casi se entregan solas al sacrificio.

No quiero que me toques ahí, le dije cuando su mano subió más allá del muslo. Te va a gustar, mira, la piel se te pone chinita, sí te gusta. No, no me gusta. No quiero hacer esto, no quiero. Tú vas a hacer lo que yo te diga o si no, le cuento a ella que tú empezaste. Ven acá. Esta vez no te va a doler, juraba.

No sé si por el dolor, el miedo o por qué, pero no le dije nada. Pasaron semanas y no dije nada. Él tocándome con los dedos, yo diciendo que no, él diciendo que no pasaba nada. Tú calladita, me repetía.

Yo, calladita.

11

Lo primero que hago al volver a casa es meterme a bañar. Me tallo hasta dejarme la piel enrojecida. Luego, con cloro, limpio bien el azulejo para borrar cualquier marca del basurero. Es como si el basurero se quedara en ti y en todo lo que tocas.

Lleno la tina, me sumerjo y me quedo ahí hasta arrugarme la piel entera. He pensado en echar unas gotitas de cloro al agua, porque ni las sales ni los aceites parecieran quitarme de encima ese olor. Da igual la mascarilla clínica. Es un olor que te alcanza, te pica y que se te queda encima por días. No importa lo que me ponga en el cuerpo, no termina de irse.

Uno de los asistentes se puso tapones en la nariz durante una sesión de trabajo de campo y luego no podía quitarse el sabor de la garganta. Y es que no se va, el olor no se va. Pero bueno, es lo que es, imposible pensar que podíamos entrar y salir como si nada del estómago de una ciudad.

—Pues yo no huelo nada.

—Yo sí y te voy a regalar otro perfume, hermana.

Norma nos dice que ya encontró a la persona ideal para que esté en casa cuando yo esté en Juárez.

—Ah, ¿sigues con la idea de venirte acá?

—Sí, tía. Ya lo habíamos hablado.

—Ya lo sé, no lo olvido todo. Pero habíamos quedado en que no era necesario, basta con esta chica de la que habla Norma.

—Pero ella solo estará en el día, es importante que nunca estés completamente sola.

—Odio decir esto, tía Mayela, pero Gris tiene razón.

—Stop.

—Come on, tía. En realidad le estarás haciendo un favor a tu sobrina favorita.

Norma siempre ha dicho que soy la favorita de la tía. Una idea absurda. La tía siempre nos ha querido y nos ha tratado por igual. Incluso si notaba que alguna de las empleadas en casa hacía una diferenciación entre mi hermana y yo, la tía las corregía. Como aquella, ¿cómo se llamaba? Una señora que, esa sí, me consentía más que a ella. Le gustaba que le leyera en voz alta y le ayudara a escribir cartas. Norma solo le daba lata.

—Además, ya no renové mi contrato en el edificio. Tendrás que volverme a adoptar.

Me siento tonta. Si la tía no acepta, no pasa nada, busco otro lugar. Pero no puedo estar en otro lado sino aquí. Cualquier otra persona en mi lugar lo haría. Además, tengo que admitirlo, también está la oportunidad de aprender más de cómo la mente, forjada de cierta manera, comienza a traicionarse.

La tía mira mis cajas y mis maletas, nos mira a Norma y a mí meterlas a la casa y subirlas al cuarto.

—¿Podrás vivir aquí?

Buena pregunta, me digo.

—Claro que sí, lo hice muchos años y mira, tengo pocas cosas.

No intenta ayudarnos, tampoco nos cuestiona por no pagar a alguien que lo haga, como hubiera hecho antes. Solo observa.

—¿Estás bien? —le pregunto.

—Yo sí, pero no sé si tú vas a estar cómoda.

Solo han pasado dos semanas y el tiempo se me va entre el trabajo de campo y atender a la tía. No ha sido fácil. Mis días se esfuman, se van en nada. Me costó un poco ajustarme a vivir con ella, estaba ya tan hecha a un espacio mediano con pocas cosas y ahora es un espacio grande con demasiadas cosas. La casa de siempre no es la casa de siempre. Ella, que solía ser tan ordenada y tener a tres personas a su servicio, pasó el último año sola, así que esto es un poco un acertijo. Los cajones de la cocina parecen tener solo una regla: si cabe, va aquí. Trato de darme tiempo en mis ratos libres de ordenar un poco, la chica que va a ayudarnos no puede comenzar sino hasta la próxima semana. Así que es un buen momento para destilichar, como dice la tía. Norma me ayuda, pone etiquetas en cada puerta y cajón.

—Leí en internet que esto hará las cosas fáciles para ella cuando su mente comience a confundirse.

—Falta mucho tiempo para eso.

—Para ser científica, no estás siendo muy objetiva. Su mente está a punto de borrarse, sí lo sabes, ¿no? Su mente borrará todo, su mente será.

—Vacío y silencio.

Vivir en casa de la tía significa volver al cuarto de la niña que fui. Guardé en el desván cosas que mi tía mantenía intactas. Me traje algunos de los muebles del departamento y el resto se fueron también al desván. Cama, lámpara, un tapete. Eso es todo lo que necesito.

—Vas a necesitar escritorio.

—Estoy bien, tía.

—¿Y dónde vas a hacer la tarea?

La mayoría del tiempo está bien. Sus olvidos o confusiones son mínimas. No le decimos nada, no la corregimos. A veces ella misma lo hace. A veces no.

—Tu trabajo, quise decir tu trabajo.

—En el comedor o en tu escritorio.

Las mañanas las pasa bien, pero por las tardes noto que comienza a pasar más tiempo en el vacío. Callada, sola con sus pensamientos. Se sienta frente al ventanal de la sala mirando afuera. Me pregunto en qué piensa.

—¿No te parece extraño que tu cuarto esté tal como lo dejaste?

—No sé, no lo había pensado.

Desde que me mudé con la tía veo más a mi hermana. Viene casi todos los días, siempre trae comida, algún postre. Dice que es para la tía pero yo sé que lo hace también por mí.

—Te digo que eres su favorita. El mío hace mucho que se volvió cuarto de la tele.

—Pues este lo dejó así para las visitas.

—Como tiene tantas.

Tal vez es cierto lo que dice Norma, yo soy la favorita de la tía. Se ve en mí. La hija mayor, la que tuvo que hacerse más responsable y por las mismas circunstancias. Cuando murieron mis padres ambas perdimos la posibilidad de hacer lo que quisiéramos. Se nos asignó la tarea de cuidar de alguien. No. En realidad ambas nos autoasignamos ese rol. Ella a cargo de dos niñas, yo a cargo de mi hermana menor.

—¿No te da miedo que nos pase lo mismo?

—¿Qué cosa?

—Olvidarlo todo.

12

Ser puntual en este negocio es crucial. La regla se rompe un poco los fines de semana, porque todo empieza más temprano, acaba más tarde, o no acaba. Hasta que el cliente acaba, ja, ja, ¿me entendiste? Bueno, el caso es que el fin de semana básicamente pegamos los días. Y si es quincena o semana de aguinaldos, el fin de semana dura hasta sesenta horas. Se trabaja más duro. Eso sí, sin importar el día, al cliente se le da el tiempo exacto, cualquier ratito extra lo cobras, y lo cobras bien.

Los lunes descansamos, pero es un decir. Es el día que tienes que lavar tu ropa, sacarte la ceja, pintarte las uñas, exfoliarte, depilarte. Sí, voy a enseñarte a hacerlo para que dejes el rastrillo y las pinzas a la chingada. Enséñame otra vez esos pelitos. Ay, ya te los quiero quitar. Para mí los pelitos gruesos son como los granitos, un motivo para pellizcar y hacer catarsis. Los lunes son días de limpieza general, hay que barrer, trapear, sacudir, lo hacemos juntas cual ejército de hormiguitas. El martes es día de compras. Lo puedes hacer por tu cuenta, pero en general lo hacemos en bola. Hubo una época que los martes hasta al cine íbamos, hacíamos la compra, comíamos por ahí en el centro y luego a ver una peli. Hace mucho que no lo hacemos, han sido tiempos raros, mija, pero a la mejor ya va siendo hora de volver a nuestra tradición. No sé, después de lo de la Bonita como que todo tomó otra forma, como si nos hubiéramos desperdigado todas aun viviendo bajo el mismo techo. A las muchachas les va a tomar tiempo agarrarte confianza, en este negocio hay mucha perrada así que todas nos andamos con cuidado. De a poquito, primero tú saluda, sé amable con ellas, escúchalas y, lo más importante, pela oreja porque de cada una puedes aprender algo.

No, no, no te puedes poner lo que quieras, tienes que seguir nuestro código. Sí, claro que hay un código, un código secreto, pero es fácil de memorizar, ¿estás lista? Yo que tú lo anotaba. Ahí te va: La que no enseña, no vende. Ay, mija tú de veras no te sabes reír. En fin, no te apures si no tienes nada sexy, ya te dije que yo tengo, pero después: la ropa te la compras tú. Eres talla diez, ¿verdad? Me lo figuré. ¿Cómo sé? Pues porque es lo mío, las tallas. Todas se sorprenden, soy la maga de las tallas. Es igual con los zapatos, tú fácil eres un nueve. ¿Del siete y medio, de veras? Yo también, y del siete y medio y del ocho, soy de pata universal. Todo me queda. Así que tú y yo podemos prestarnos cositas y tal, como hermanas, mija, como hermanas.

A veces las chicas prestan zapatos, te digo, primero te tienen que agarrar confianza. Todas tienen su carácter, ya las conocerás. Dan miedo, pero luego les agarras un cariño, se vuelven parte de tu vida, tus mejores amigas, tus hermanas, tus hijas, tu todo, cuando se van: las extrañas, puta madre, las extrañas tanto. Porque todas se van, y está bien, se tienen que ir. Esa es la línea de mi negocio, no más de cuatro años aquí. En cuatro años, ganas dinero suficiente para resolver tu vida, ya sea para hacerle a tu cuerpo alineación y balanceo —o sea, chichis y caderas— para salir al mundo y ser la mujer que quieres ser. O para simplemente formar parte de la sociedad tal y como debió ser desde el principio. Este, apréndelo bien, es un empleo de por mientritas. Este negocio tiene que ser una fase de tu vida, algo pasajero, algo que te ayudó a salir adelante y nada más.

Yo no espero que vuelvas años después a darme las gracias o a traerme regalos de navidad, no, señorita. Para empezar, ya te dije, llegará un momento en que yo ya no estaré aquí, pero es que además yo quiero para ti lo mismo que quiero para todas, que de aquí saquen el dinero, la fuerza, la ética necesaria para enfrentar la realidad sin que la realidad les parta la madre. Yo quiero que ese mundo que un día te cerró las puertas te las abra bien abiertas, porque no te hagas, seguro alguien te cerró las puertas tan para siempre que por eso llegaste aquí, porque te dejaron afuera y sin nada.

¿Por qué sigo yo aquí? Esa es una buena pregunta para otro día.

Pero volvamos a tu pie del siete y medio, quién iba a creerlo, te ves grandota pero por lo visto eres engañosa. Por cierto, esa es otra lección: engañar. Engañar es una palabra clave aquí. Mira, no se trata de fingirle al cliente, porque fingir siempre termina por hacer todo falso y luego te carga la chingada. Engañar es distinto, engañar es producir una ilusión. Engañar es mentir, burlar, confundir, enredar, encandilar, engatusar, fascinar, seducir. Los *simónimos* abundan.

Eso dije, sinónimos. Vela, muy calladita al principio y ahora ya estás de pequeño diccionario Larousse. Larousse, ¿y si te ponemos Larousse de nombre artístico? Capaz que en adelante tú serás nuestro diccionario y me descargarás de esa responsabilidad. Ahí donde me ves, soy la única con estudios. Uy, mija, yo soy flamante egresada del community college. Yo era miembro activo de la sociedad. No te digo que yo tenía un buen empleo, pagaba impuestos, era un modelo de ciudadanía. Hasta que salí con mi domingo siete. ¿Cómo que qué es domingo siete? Ay, Larousse, te falta calle. Así se dice cuando una queda embarazada fuera de la ley matrimonial y sacramen… No, yo no quedé embarazada. Ay, mija, hasta ternurita me das de lo intelibruta que eres. Mira, tú nomás trucha, si te metes con mujeres, hazte el favor de ponerte condón y no dejar a una colgada ahí con domingo siete. Ya sé que no te metes con mujeres pero nunca digas nunca. Una no sabe a dónde te puede llevar este negocio.

13

La primera vez que ella nos encontró, no estábamos en la cama, no. Él me tenía sobre sus piernas. ¿Y ora, ustedes qué hacen?, dijo. Yo me puse nerviosa, tan nerviosa que no alcancé a decir palabra. Él, como si nada, dijo que yo le estaba contando un cuento. Pero si no tiene libro en la mano. Un cuento que inventó, ¿verdad que tú lo inventaste? Mi cabeza en sí.

Pero el que inventaba cuentos era él.

Pasaron muchos días y muchas otras cosas antes de que nos encontrara. Esta vez yo no estaba en sus piernas, nada podía convencerla de que yo le contaba un cuento. Hija de la chingada, hija de la rechingada, me gritó. Luego me arrastró de la cama al piso. Me jaló el cabello. Me dio tres cuatro cinco cachetadas. Yo le decía que no era culpa mía. Le dije que yo no quería. Pero ella no me creyó. Se enojó más, me dio más, seis siete ocho cachetadas.

Él como si nada. Fue idea de ella, le dijo. Ya ves lo débiles que somos los hombres, perdóname, Chatita, fue ella, te juro que fue ella. Es que está en la edad, en la curiosidad, no seas dura con ella, ya con eso seguro entendió. No la defiendo, Chatita, pero es una mocosa, ¿qué sabe ella de lo que está bien o está mal?

Nada la detenía, nueve diez once doce veinte cachetadas. Una más fuerte que la otra. Esto me gano yo por ser tan buena contigo, repetía. Yo que ni tu madre ni nada, yo que te rescaté, yo que te cuidé cuando te querían tirar a la basura. ¿Quién me quería tirar a la basura? Me atreví a preguntar. ¿Qué te importa quién? Pero ¿sabes qué?, te querían tirar porque eres una basura. Basura, eso. Yo te di techo y vida y todo y así me pagas, basura, así me pagas.

Me dio un golpe, luego otro, luego otro. Ya no eran cachetadas, eran golpes. Pinche culera. El puño bien cerrado. Él la detuvo, le dijo: Ya déjala, es que no sabe, cómo va a saber. Te digo que tiene que volver a la escuela, ahí le van a enseñar, ya déjala, vieja.

Pero ella duro que dale duro que dale.

Yo sabía que ella no era mi mamá. Aunque mi apellido era el suyo, sabía que yo no era suya. No sé cuándo o cómo lo supe. No importaba, ella estaba ahí y veía por mí. Yo la veía como una niña ve a su mamá porque me alimentaba, me cuidaba, me regañaba, ¿no es eso lo que hacen las mamás? De veras, nunca me importó, nunca me dio por: si tú no eres mi mamá, qué te crees. No. Nunca me dio por: Dime quién es mi mamá, dime de dónde vengo. No. Nunca. Porque algo nos unía.

Pero ese día, ese día sí que se lo dije, después de tanto golpe se lo dije.

¿Por qué me pegas si tú no eres ni mi madre ni nada?, ¿por qué me pegas? Del susto pasé a la rabia. Hubiera podido pegarle de vuelta, yo creo que él vio que yo me le iba a echar encima y por eso nos separó. La tomó del brazo y la sacó de la casa.

Me eché en mi rincón de siempre y me quedé dormida insultándola. Pero no lloré. No le di el gusto de llorar. Me aguanté, me aguanté como me aguanto ahora todo.

Al otro día me dijo: Ya levántate, es tarde, hay cosas que hacer. Me dio de desayunar. Prendió la radio, cantó dos, tres canciones, una tras otra como antes de que él llegara. ¿Ya no estás enojada?, le pregunté. De veras que yo no fui la que empezó. Ya olvídalo, tenemos cosas que hacer, repitió.

Él no estaba, pero ni me atreví a preguntar dónde andaba o si ya se había ido.

Ven, vas a pepenar conmigo, me dijo. Me vas a ayudar.

Caminamos hasta el basurero, nos metimos por la reja y caminamos hasta el lugar de siempre. Yo ya sé dónde están las mejores cosas, le dije. Me miró como si lo dudara. De veras, le dije, de veras que sé. La quería hacer feliz, me quería hacer feliz. Quería que todo fuera como antes.

A ver, enséñame, me dijo.

Hice lo que tantas veces le vi hacer, miré a todos lados, miré arriba y abajo, pateé uno y otro cerro de cosas, luego corrí y corrí hasta encontrar un cerro que me llamara la atención. Abrí una bolsa, la sacudí frente a mí. Luego otra, luego otra más. Me fui más al fondo, pateé otro monte. Jalé, sacudí, abrí otras bolsas.

Cuando volví, ella ya no estaba ahí. Pensé, está en otro lado, haciendo lo mismo que yo, y seguí en lo mío. Escarbar, buscar, sacar esto, sacar lo otro. Encontré, me acuerdo bien, un par de tenis sin agujetas, dos tazas de metal y un montón de latas. Caminé por todos lados, cargando los tenis, las tazas y las latas en una bolsa. La llamé y la llamé: Ya acabé, ya vámonos. Cuando vi que no aparecía pensé: A lo mejor se devolvió a la casa, y para allá me fui.

Encontré la casa en silencio. La casa sin sus cosas. La casa sin su ropa. La casa y su chapa, nada más que su chapa.

La casa como si la hubieran limpiado para siempre.

14

Las fábricas y los supermercados también tienen su espacio aquí. Traen restos de producción no vendible, deteriorada, descompuesta. Latas que han vencido hace mucho. La gente los recibe aquí con gusto. Todo sirve hasta que no sirve, me dijo una de las señoras. Si nadie más lo quiere, nosotras sí, me dijo otra. Yo las grabo, tomo notas y hago lo posible por que mi rostro no diga nada. No vine aquí a opinar o a rescatarlas de lo que eligen comer o usar. Vine a aprender cómo los residuos se vuelven insumos y los efectos de vivir en estas condiciones.

—Gris, look at this photo, she is something, isn't she?

—Sí. Como toda una líder.

—Her name is Alicia.

Olvidarlo todo. Hay mañanas en que no sé dónde estoy o qué es lo que tengo que hacer. Cuando comienzo a entender que estoy cuidando de la tía y del proyecto en el basurero, me dan ganas de no tener memoria y olvidarlo todo. Me gustaría también olvidar el día anterior, o el anterior, ya sea porque me pasé limpiando tras la tía o porque experimentamos algo rudo en el trabajo de campo. Me gustaría olvidar que tengo responsabilidades y olvidar que yo misma las elegí. Olvidar qué y quién soy. Olvidar qué me prometí ser y hacer.

—Ya son las 7:00, se te va a hacer tarde para ir a la escuela.

—Gracias, tía. Sí, ya me voy.

La jornada en el basurero fue especialmente cansada. Queríamos hacer un inventario del tipo de productos que hoy dejaron los del supermercado. Bastó que una señora pensara que le estábamos ganando las cosas para que varias entraran en revolución. Fue frustrante y la tomé con Henry y los demás.

—Tenemos que ganarnos su confianza, no podemos asumir que entienden por qué estamos aquí.

—Tú propusiste el inventario.

El problema no fue el inventario, sino cómo se estaba llevando a cabo. Debió ser con sigilo, como quien pregunta por casualidad. En ocasiones Henry me desespera. Todos me desesperan. No entienden lo importante que esto es. Y si lo entienden, entonces lo que pasa es que no tienen las precauciones necesarias. Es natural en los más jóvenes, pero ¿Henry?

No nos lo decimos entre los del equipo, pero lo sabemos: la atmósfera, el sol, el olor irritan, ponen a la gente a la defensiva. Nos estamos volviendo parte de nuestra teoría: el efecto del espacio en la persona.

—Anoche me pasé casi veinte minutos viendo el contenedor de basura.

—I scrapped every little drop of tomato puree from the can before throwing it away.

Todos comparten lo que han descubierto desde que comenzamos a venir. Los más jóvenes nos hablan de lo difícil que es elegir ahora frutas y verduras en el súper. Otros sienten que separar la basura se ha vuelto una misión. Doblar cartones, lavar latas, tener cuidado con los cristales.

Lo que antes todos hacíamos mecánicamente ahora demanda nuestra atención. Como si lo que hiciéramos tuviera un efecto en *estas* personas. No importa lo que hagamos o cómo encuentren la basura, ahí a todo se le encuentra provecho. Sí, la discusión se convirtió en terapia grupal.

La verdad es que nosotros también queremos sacar algo en este lugar. Si a ellos hurgar en la basura les permite vivir, a nosotros nos permite dormir. Le planteo a Henry que hagamos otro intento, mover las redes en el hospital para que nos permitan traer la clínica móvil de regreso y que esto sea una relación más equitativa.

—Says she who broke up what hadn't even started.

—No empieces.

Henry se ríe y luego me da la razón: tenemos que traer la clínica de regreso. Y es que esa práctica nos trajo muy buenos resultados en las otras zonas. De hecho, nuestros asistentes ya no tenían que ir a que tocar las puertas de nadie, la comunidad venía por su cuenta a la clínica: hombres, madres de familia con sus hijos, personas de la tercera edad, hasta las trabajadoras sexuales vinieron a consulta; supongo que fueron comprendiendo que estábamos para ayudar. Lo mismo puede ocurrir aquí. Sería una forma de compensarlos por el tiempo que nos brindan.

—Well, let's do it.

Hemos escuchado que están por tener electricidad, y esto por iniciativa de ellos mismos, no del municipio. El que se muere de hambre aquí es porque es flojo, nos dijo una señora que, aparentemente, es tercera generación en este lugar: La gente tira de todo y nosotros almacenamos, vendemos o hacemos trueque, pero de hambre no nos morimos.

A estas dos señoras me las trajo la líder de la manada, Henry se encargó de convencerla de hablar con nosotros.

Y ella, muy abusada, preguntó si le pagaríamos por traernos más personas a entrevistar, le dije que no con dinero sino con despensas. Me miró directo a los ojos, amenazante casi y me dijo: Pero más te vale que sea de cosas buenas. Y se dio la vuelta.

—Es muy extraña, tía. Parece niña y adulta al mismo tiempo. Lleva el cabello en una cola o suelto pero siempre con una gorra. Se viste de negro y se pone encima una camisa de hombre.

—Pero ¿y si mamá se enoja? Yo no quiero que se enoje conmigo.

Por un segundo pensé que la tía había dicho: Pero ¿y si su mamá se enoja? Pero no, la tía estaba en otro lado, no me estaba escuchando, ya se había ido a otro lugar. Los episodios comienzan a tomar otro rumbo. No supe qué hacer ni qué decir.

—No se va a enojar, Mayela. Ahora, acaba tu comida y luego a ver la tele.

La tía le obedeció. Magda levantó los platos, limpió la mesa. Tardé en reaccionar y entender lo que había hecho.

—O sea que hay que construirle una normalidad alrededor de sus lapsos.

—No hay que construir nada, solo seguirle el rollo. No es tan difícil.

Magda es la persona ideal para cuidar de la tía. Es paciente, tiene iniciativa. Se ganó muy pronto su confianza. Cuando la entrevistamos me dijo que los pacientes como la tía son viajeros en el tiempo, tienen lo que cualquier persona desea: escaparse de la realidad y recuperar memorias que le dan placer.

—Yo no sé tú, pero yo quisiera volver a la infancia y jugar fut con mis hermanos. Me decían que no porque era mujer.

Magda nos repitió lo que el doctor y lo que yo misma le dije a Norma desde el inicio: Esta enfermedad es un viaje sin regreso. Pero a diferencia de lo que dijo el doctor, ella hizo hincapié en la importancia de que sea un viaje cómodo: Lindo en la medida de lo posible.

Llegó con muy buenas referencias, pero creo que fue esa capacidad de analizar la situación y la empatía que demostró desde el principio lo que nos convenció de contratarla.

—Son viajeros en el tiempo y a veces hay que viajar con ellos.

Y es cierto. La tía no es la única viajera en el tiempo, yo misma viajo por el tiempo todo el tiempo. Por un lado, ir al basurero es como estar en un pasado remoto. Las condiciones en las que viven, su forma de resolver el día a día, como si la idea de civilización no existiera. Qué horror mi condescendencia.

Viajo en el tiempo también en casa de la tía. Ella nos instala en estaciones de su pasado. Y como no lo conocemos en realidad, estamos perdidas. La tía nunca habla de su infancia o de su adolescencia. Y no es que no lo hayamos intentado, pero siempre fue tan celosa de su vida privada.

—Siento que en mi vida ya no hay presente —me descubrí confesándole a Magda.

—Siempre tendremos el futuro —contestó sonriendo.

Me gusta Magda. Es inteligente, amable. Su presencia apenas se nota y, sin embargo, tiene impacto en la casa. Es como si estuviera aquí para cuidar también de mí. Como Norma. Me propone quedarse un rato más y me insta a tomar un baño en tina.

—¿Huelo mal?

—Claro que no, pero ya me he dado cuenta de que los baños en tina con esas sales que trae tu hermana las relajan a ti y a tu tía y es más fácil negociar con ustedes.

15

Dile a quien quiera que te esté llamando o escribiendo que luego te reportas porque o dejas de mirar el telefonito o te me pintas, mija. Lo digo en serio. Mira, mejor apágalo, que si vuelve a sonar mientras yo estoy hablando, te pongo tache, te quito horas, te pellizco, te... eso, mejor déjalo en silencio y guárdalo. En silencio, dije. Nomás me entere que contestas tu telefonito cuando estás con un cliente te corro a la chingada, eh, a la chingada. Al cliente tienes que entregarle todo tu tiempo y tu atención, porque si le gustas, vuelve; si lo calientas, hasta propina te deja. Déjalo, ya no te disculpes, nomás que no vuelva a pasar.

Por mi parte, yo digo que puedes quedarte. Bueno, si te interesa el puesto, claro. Estarás a prueba, ¿eh? Si no funciona pues... te pintas. Qué bien, eso, así me gusta, qué bueno que lo entiendes y que te queda claro dónde estás parada conmigo. Yo necesito empleadas confiables porque, como ya te expliqué, soy todo aquí: la administradora, la coordinadora de eventos, la sacaborrachos. El mundo cae sobre mis hombros. Es estresante, no creas.

Tú me ves aquí como santa matrona del trabajo en esa esquina a la que ni el olvido llega, pero ya te dije que yo tenía una vida soñada. Yo era un chico de bien, y por chico de bien me refiero a un hijodeputa que engañaba a su familia, a su novia, y hasta a sí mismo..., ¿qué pasó? Pasó que el numerito se me cayó. Bueno, no, si te soy sincera lo tiré yo. Un día me vi obligada a dejarlo todo y hacerme otra vida. Esta es mi vida, no es otra sino la mía, mía. ¿Me explico?

Sí, claro que tú, es decir, me imagino que, o sea, tú también eres de las que tira todo, ¿no? Sí, a leguas se te nota que vienes huyendo de algo, pero mejor que se te note, eso conjugado con tu juventud te dará el aire de damsel in distress que tanto le gusta a los clientes. ¿Que qué significa? Pues, algo así como dama en apuros, la inocente palomita que todos quieren rescatar. Ya verás, todos van a querer ser tu príncipe azul. Pero los príncipes azules no existen y si existen, no andan mandando mensajes de texto, ¿eh? Pero ya te encontrarás alguno que te cumpla tus sueños. Así le pasó a la Chavelita que ahora ya es señora de familia. No te lo digo para que te hagas ilusiones, pero su vida es un ejemplo para todas nosotras. Conoció a su ahora esposo en… ay, el chisme se puso bueno, por qué no nos regresamos enque el Javier.

Guarda ese teléfono. Deja tú que me estás faltando el respeto, pero además, capaz que viene alguien y te lo roba y de paso nos pega un susto.

Hay que andarse con cuidado, por eso tratamos de andar en grupo.

Por aquí, vente. Sí, ahí mero.

Javier, ya estoy de vuelta.

Deja pido un traguito más fuerte, al cabo que ya es más hora del recreo. Yo invito. Nada de que no. Igual y hoy es martes y no hay trabajo. Javier, olvida los clamatos, danos dos tequilitas. Nonono, nada de que no. Una toma a la hora que le toca tomar. Y ahora te toca tomar. Digo, tampoco se trata de ensartarse la botella entera, pero saber tomar es importante, es lo que te hace dueña de tu esquina.

Salucita.

Mírala, Javier, se lo tomó de jalón.

A ver, párate, deja te miro otra vez. Vaya que estás grandota. ¿Quién es el alto en tu familia, tu mamá o tu papá? Ay, si no te estoy pidiendo que me cuentes tu árbol genealógico, nomás que me digas por qué saliste tan alta. Te va a ir bien, cara de bebé y grandota, las grandotas tienen mucho jale con todo tipo de hombres, bajitos, flaquitos, gorditos, gordotes, altotes.

Oye, que no se me olvide darte medias, tengo una caja entera que me trajeron del otro lado. Unas talla L, obvio, yo creo que vas a ser la más grandota de todas y es que aquí lo que pulula es el modelo petit. Eres orgulloso producto chihuahuense, ¿verdad? Me lo figuraba. Las mujeres aquí de la frontera son grandes, pero esas pocas veces le entran al negocio. Las que nos llegan son las chiquitas, las que vienen de lejos, de esos estados y esos países con demasiadas sílabas y muchos pedos. Las chiquitas también tienen lo suyo, te voy a decir, pero es distinto. Yo estaba destinada a ser chiquita porque en Morelos todos miden como sesenta centímetros, pero como mi madre se casó con un chihuahuense alto, alto, pues, veme.

A las chiquitas siempre les piden que se pongan uniformes de colegio o de enfermera y adivina quién es la pendeja que tiene que ir a Milano a conseguir los putos uniformes y cortarlos, coserlos y alistarlos para que les queden pegaditos. Ah y hacerles las coletas, las trenzas o lo que mejor le vaya al numerito. No, a las grandotas no les piden eso, las grandotas gustan siempre para cosas sado.

¿No sabes qué es sado? Ay, mija, no sabes de fetichismo ni de sadismo, ¿estás segura de que estás lista para trabajar en esto? Porque mira, si no, convencemos al Javier que te dé chance como mesera aquí en la cantina y así no tienes que… No, pues yo te lo digo de amigas, te falta mundo, colmillo. Lo sado, ¿cómo te lo explico? Es algo que siempre termina gustándote. Se trata de nalguear, cachetear, apretar, pellizcar al cliente con todas tus ganas. ¿Por qué? Pues porque hay gente que le gusta el maltrato, mi nena.

Bueno, salucita.

¿A mí? Claro que me gusta, lo sado te ayuda a sacar tu pedo. De veras, sacas todos tus demonios en cada nalgada o trompazo. No, no me digas que tú no tienes demonios porque todas aquí tenemos uno o muchos y con los clientes que piden a gritos un trancazo, sale todo. A la Tijeras casi la meten al bote porque se le pasó la mano con un cliente, casi le partió la quijada. No se midió, la Tijeras. Le pasó por eso, por sacar su pedo personal a «expensas» del cliente. Se pone así cuando se pelea con su mujer, la Modosita, que antes también taloneaba. De modosita no tiene nada, amenazó al tal cliente de la Tijeras con cortarle una pelota o las dos si no quitaba los cargos de la Tijeras. Ni a cuál irle, las dos son del tipo agresivo, ya sabes. A esas lo sado les viene natural. Si son la una para la otra. ¿Por qué ya no trabaja? Ay pues porque la Tijeras comenzó a ponerse celosa y a no gustarle eso de compartir a su vieja.

Yo que tú me mantenía alejada de ese par, al menos hasta que ellas te saquen la plática. Pueden ser buena onda hasta eso, a veces nos preparan un comidón a todas. Se les da la cocina. La Tijeras hace unos frijoles rancheros que te cagas, ja, ja, ¿me entendiste?, te cagas. La Modosita, en cambio, es la reina de las micheladas deliciosas. Ya te tocará, te digo, nomás gánate su confianza. La Tijeras dice que un día van a poner una cantina o un restorán, le van a hacer competencia al Javier. Pero la competencia siempre es sana, obliga a la perfección. Las dos, la Tijeras y la Modosita, ahorran un montón, no gastan en pendejadas. Todo lo de la taloneada va directo al cochinito.

Y es que fíjate que un cliente de la Modosita trabaja en alcoholes que, por si no lo sabes, es lo más difícil de conseguir. Ya que abran su bar se van a retirar del negocio.

Me da gusto, claro, pero pues también me preocupa porque solo del trabajo de la Tijeras entra más del treinta por ciento de nuestras ganancias mensuales. Va a haber mucho viejo triste cuando esa deje de rolar.

Llegaron después de mí, primero la Tijeras y luego la Modosita. La Bonita y yo fuimos las primeras en darnos cuenta de que se gustaban, pero se hacían las que no. Hasta que sí. No sabes cuánto les debo a todas las que se han formado conmigo, siento que estar aquí me ayudó a dar el gran paso, ser como soy. ¿No te digo que cuando yo llegué era un godínez cualquiera, un pendejete con demasiado miedo y mal gusto? Yo era un comemierda que en vez de enfrentar su vida se escapó de ella. Pero el estar aquí fue lo que me ayudó a ser otra o, más bien, a ser yo. Mírame, ya estoy otra vez hablando de mí. No lo puedo evitar, soy mi tema favorito.

¿Alguna última pregunta? Porque esta introducción a la puta vida ya se alargó de más, ¿no? Pues bienvenida y salucita.

16

Al principio ahí me quedé. Su colchón ya no estaba, sus cosas ya no estaban, pero todo lo mío seguía ahí. Mis viejos cuadernos de la escuela, mis papeles, cartilla de vacunación, acta de nacimiento, hija natural nacida en. Estaban también las pocas fotos que teníamos juntas. No lo pensé en ese momento, es más, no lo pensé hasta hace muy poco: ¿se imaginaría ella que yo iba a volver?, ¿por eso dejó todo? Hija natural.

Incluso la alacena tenía unas pocas cosas. Me alimenté de eso y de las latas que yo misma había traído. No pensaba en nada. El día se me iba en prepararme algo de comer, sentarme en mi colchón a darle otra vuelta a libros que ya había leído unas cien veces.

Luego, cuando se acabó la comida, cuando me dio mucha mucha hambre, decidí que solo había un lugar para saciar el hueco en el estómago. Vine acá, llené una buena bolsa con comida, husmeando, rascando aquí y allá.

Así cada tantos días. Se acababa la comida y volvía acá por más. Ir y venir, ir y venir. Por la noche ni leyendo me podía entretener. Luego cortaron la electricidad. Comenzaba el otoño y la luz del día duraba muy poco.

Me aburría. Comencé a venir a diario al basurero, ya no solo porque tenía hambre, sino por eso, porque me aburría.

Un día me cayó la noche y me dio flojera caminar hasta la casa. Me quedé durmiendo como había visto a tantos otros hacerlo: encima de unos cartones, hecha bolita tapada por unas bolsas. No sé si tuve miedo, solo sé que dormí profundamente, como si el calor de la basura bajo la tierra me calentara.

No volví a casa ni al otro día ni al siguiente.

Unos días después ya tenía yo una carpa. Cuando amaneció me acuerdo que a mi alrededor había un perro. Me adoptó. Lo bauticé como el Gorilón. Era un perro gordo y peludo que no me duró mucho tiempo. Luego llegó el Flaco, pero ese no duró nada conmigo. El Pinto y el Negro se acoplaron después. Tarde pero seguro llegó el Doctor. Le puse así porque siempre que me enfermaba, se acostaba a un lado de mí y me curaba. En serio, lo que tuviera, tos, gripa, dolor de panza, el Doc se me acomodaba a un lado, me lamía la mano o la cara y al otro día como si nada. Pero luego uno a uno se fueron yendo o muriendo: el Gorilón, el Pinto, el Negro y el Doctor.

Con el tiempo llegaron otros perros, pero a esos ya no les puse nombre, los perros ya nomás son perros. Es más fácil que no tengan nombre. Si algo he aprendido es que a veces es mejor que ninguno tenga nombre para que cuando te dé por llamarlos y no vengan, te dé igual. Los perros siempre vuelven, pero sé que un día no, un día no van a volver, un día voy a verlos tirados panza abierta, aplastados por la llanta de un camión, hinchados por haberse tragado una de esas cosas que la gente tira aquí. Y ni modo, así es con los perros, van y vienen. Siempre llega luego otro y es como tener el mismo perro. Les dices «perro» y no importa que sea otro y no el que me venía siguiendo por meses.

Los perros sin nombre son mi única familia.

DOS

17

Finalmente se dejó entrevistar, la líder. Después de haber inspeccionado cada uno de los productos que venían en la caja: A ver, ¿qué quieren saber?, nos dijo que podíamos llamarla Alicia. Me pregunto si ese es su verdadero nombre o si, en efecto, es solo el nombre por el cual podemos llamarla. No nos veía de frente al hablar, su mirada estaba en la despensa, en la cámara, en los montes de basura que nos rodeaban.

Se nota que la vida aquí ha apresurado el tiempo sobre ella, se veía como una jovencita y como una adulta al mismo tiempo. Cada tanto tiempo venía alguien a preguntarle algo o bien ella misma detenía el relato sobre cómo llegó aquí para dar órdenes a un grupo de niños. Les decía dónde buscar, qué agarrar. Bromeaba con ellos, les acariciaba la cabeza o les daba una nalgada cuando se iban. La sentí cómoda o me sentí cómoda porque me animé a decirle que la llamábamos la líder de la manada.

—Ni tan manada, en las manadas andan todos juntos y aquí cada quien ve por sí mismo.

—Pero todos buscan tu consejo.

—Porque les da miedo el mero mero: don Chepe.

Don Chepe. Su nombre ha salido varias veces en las entrevistas, queda claro que es un hombre con cierto nivel en esta comunidad, alguien a quien se le teme o se le respeta. Como mi tía en sus buenos tiempos. No hemos dado con él, pero la gente nos ha dicho que no se va a dejar entrevistar o que con él no hay que meterse.

—De milagro no los ha corrido de aquí.

Mientras ella contestaba nuestras preguntas, los niños más pequeños, los que la siguen a todos lados, jugaban a escalar la montaña de bolsas negras.

—Mientras sigan trayendo cosas para nosotros, no hay problema. El día que dejen de hacerlo, dejan de ser bienvenidos.

Alicia miraba a los niños jugar, bromeando con ellos, les aventó una moneda o una ficha de plástico y les dijo que la encontraran. Una vez en la cima, los niños comenzaron a rodar con sus brazos entrelazados. Vueltas y vueltas hasta tocar el fondo riéndose de gusto, de felicidad.

Henry le preguntó a Alicia si podía tomarle foto con los niños. Ella lo pensó primero y luego aceptó. Les chifló para hacerlos venir. Entonces, uno de ellos, al caer sobre una de las bolsas encontró algo. Se lo enseñó a Alicia y ella le hizo mil y una fiestas, como si fuera muy valioso: Ve y enséñaselo a tu mamá, le dijo. El niño serpenteó entre montañas de basura gritando: Mira, mamá, un tesoro. Lo que encontró era un algo de plástico, un algo que bien pudo haber sido un utensilio de cocina, la pata o brazo de algo, la pieza de un todo, un resto sin sentido. Corrijo. Para nosotros no tenía sentido, para el niño sí. Para el niño era todo.

—¿Vas a llorar, doctora?

—No, ¿por qué?

—Parece que vas a llorar.

Alicia se paró, les dijo a los niños que se juntaran para la foto y luego se fue. Ni la despensa se llevó. No sé de dónde lo sacó: yo no iba a llorar.

Ese mismo día hablamos con la mamá de los niños, nos repitió la historia que hemos venido oyendo con otras mamás: el marido la dejó, la sacaron de su casa, no piensa vivir para siempre en la basura. Pocas cosas varían en ese relato. Lo que nos interesa es aprender más cómo, por qué y qué significa para ellos vivir ahí, cosas que estoy segura solo Alicia nos puede dar.

Esa chica me atrapa. No solo a mí, a todos. Nos intriga. Tiene una forma de hablar, una voz, un tono entre la rabia y la burla, la chispa y el desencanto. Ella no se queja, ella simplemente es.

El día lo cerré hablando con otra mujer, Chela. No es mucho más grande que yo, tiene dos niños. Con ella la entrevista fluyó. Me contó que de ahí no se va, que es ahí donde ha tenido la oportunidad de darle una mejor vida a sus hijos: Mi vida estaba en la basura y fue en la basura donde encontré la forma de salir adelante: Aquí hasta segura me siento.

Chela vivía en otra colonia, no muy lejos de aquí. Era ama de casa. Su esposo era el sustento de la familia, hasta que un día no volvió de la maquila. Al principio reportó su desaparición, preguntaba por él con los de la maquiladora, y cuando se dio cuenta que no solo no lo iba a encontrar sino que podía ponerse y poner a sus hijos en peligro dejó el asunto en paz. Comenzó a trabajar en una carnicería, luego en un súper, hasta que conoció a Alicia, quien se la trajo al basurero: Yo a la basura la veo como dinero, ya ni asco me da, ya ve, hasta a mis niños me traigo cuando no hay escuela porque entre todos sacamos más. Esto que ven por todos lados no es basura, es comida, techo, ropa, muebles, vida. Mientras la miseria en otros lugares crece a galope, aquí nos saca adelante.

—A galope. A galope.

—Sí, tía, a galope. ¿Sabes qué es galope?

Mantengo la dinámica de contarle a la tía de mi día. A veces me presta toda la atención y me hace preguntas. A veces solo me escucha a medias, mueve la cabeza y me pide que ya no le cuente cosas tristes. A veces solo me mira, está y no. De pronto se levanta y se va a su cuarto.

—Un beso.

He comenzado a buscarle una nueva función a lo que veo en las calles y callejones del barrio, artefactos o muebles abandonados afuera de las casas. No puedo tirar algo a la basura sin haberlo observado bien y luego haber estudiado con profundidad lo que ya está en el bote. El otro día le grité a la tía por tirar un bote de yogurt casi entero. Magda vino a su rescate y me dijo: Yo fui, estaba echado a perder.

—Pues lo hubieras lavado antes, este bote todavía sirve y.

—Lo hubiera hecho, pero tu tía se puso histérica cuando lo olió.

Saber que lo que la tía y yo no nos acabamos va al bote me da rabia. Podría ser para alguien más. Me encabrona que se echen a perder cosas porque nadie se las come.

—Ya le he dicho a tu hermana que no compre tanto y no me hace caso.

—Pues llévate cosas a tu casa, Magda, no podemos seguir desperdiciando.

—No necesito que me regalen comida.

—No quería ofenderte. Es que cuando éramos niñas teníamos a una señora para limpiar y la tía, aparte de pagarle, le daba todo lo que nos sobraba y.

—¿Tenían una señora? Suena raro, ¿no crees?

—Por supuesto, no la teníamos, trabajaba con nosotras.

—Para, trabajaba para ustedes.

Le cuento a Magda de cuánto cariño le teníamos a esa señora que hacía todo por nosotras, intento no quedar como una tonta privilegiada ante sus ojos.

—Había días en que la veíamos más a ella que a la tía. Nos daba desayuno, comida, cena. Nos preparaba las mochilas, los lonches, nos peinaba. Yo creo que en ocasiones hasta pasó la noche cuidándonos mientras la tía estaba de viaje o no sé. Yo le leía y.

—¿Cómo se llamaba?

Por más que lo intenté, no logré acordarme.

18

Me dice la Serena que quieres trabajar con nosotras, que ya tienes experiencia y toda la cosa, ¿es cierto? Deja te miro. Ay, chula, no sé, tienes finta de que eres nueva nuevita en el negocio. Ah, taloneabas en tu pueblo. Pero bien poquito, ¿verdad? ¿Que cómo sé? Pues se te nota en la cara. Te leo el miedo. Así que mientras se te lea el miedo, sigues siendo de las nuevas. Pero es natural, aunque ya hayas trabajado en esto antes, es más, aunque hayas trabajado toda la vida en esto, el miedo no se va. Aparte, iniciar en un nuevo lugar, estar con un nuevo sindicato, pos da como miedo. Yo digo que nunca se va del todo, como que te haces a vivir con él. La Serena, por ejemplo, se caga de miedo con los clientes nuevos, ella prefiere sus habituales. No la culpo, se ve cada cosa por estos lares. ¿Cómo es el negocio en tu pueblo? ¿Dónde queda? Uy, chula, con razón te viniste para acá. Yo no sé qué está pasando, como que de todos lados está saliendo mucha mugre. ¿No se supo por allá lo que pasó en Chihuahua con…? Ajá. Eso mero. Pero mira, más que andarse con miedo, hay que ser precavida. Porque el miedo es muy culero, te detiene. Yo antes le tenía mucho miedo a tantas cosas. A mi familia, al qué dirán, a la vida, al amor. A admitir que soy lo que soy. Uy no, si yo te contara, mi vida es una telenovela, chula. Para llegar a donde estoy ahorita tuve que pasar por tanta pinche miseria. Yo soy así, ¿eh?, muy abierta. Ay, pero ni me presenté, yo soy Reyna, Reyna Grande y si te quedas con nosotras yo seré tu jefa. Hablo mucho, como te darás cuenta y mis historias nunca tienen final feliz pero sí muchas enseñanzas, así que toma nota. Todo lo que yo digo es parte de tu introducción a la putería en esta empresa. Mira, ya te hice reír, se ve que eres ligerita, a la última que capacité una no le sacaba ni el buenos días. Era guapita, grandota como tú y llena de tips de belleza. ¿Ves mis cejas qué delineaditas? Ella me enseñó a hacérmelas. No, ya no está con nosotras, es más, tu habitación era de ella antes. Buena pregunta, por qué se fue. Ahorita te cuento, pero ahora sígueme, te voy a enseñar tu esquina.

¿Cuántos años tienes? Ya.

Y ahora en confianza, ya deveritas, ¿cuántos años tienes?

Buena respuesta, ni yo misma hubiera pensado en algo así. Los que tú quieras, así voy a decir de ahora en adelante, te voy a copiar. Ya me estás cayendo bien, te ves con miedito pero eres segura de ti misma. Eso es básico en la vida y en esta carrera, a mí me costó entenderlo. Porque tú me ves muy segura de mí, pero la verdad me tardé en florecer. De chico, por ejemplo, a veces me ponía la ropa de mis hermanas, así nomás a ratitos y a escondidas. Y cuando me cacharon, úfale, ya más nunca se me ocurrió siquiera pensar en volverlo a hacer. Estaba yo en la secun y ha de haber estado muy buena la cachetiza que me puso mi mamá porque de veras, te lo juro, no volví a siquiera contemplarlo. En primer lugar, por miedo. Fue muchos años después que comencé a ponerme la ropa de una novia que yo tenía. Bueno, no sé si era novia novia, nomás cogíamos de vez en cuando. Yo fui su primero. Yo digo que comenzó a salir conmigo nomás para ver qué se sentía. Para ella no cabía nada más que trabajo, trabajo, trabajo. Yo espero que tú seas igual, ¿eh? Porque flojear aquí no cabe. Así decía ella, fíjate, mi novia. Yo era su asistente legal y ella la abogada estrella del despacho donde trabajábamos. No me daba ni un respiro, Raymundo esto, Raymundo lo otro. Raymundo, flojear aquí no cabe. Cogíamos solo cuando ella no tenía de veras nada más que hacer. Me llevaba a su depa, pasaba la noche con ella, entre haciendo cosas y platicando. Ella tenía muchos sueños y aspiraciones. Yo, pues la escuchaba seguro de que iba a lograr todo lo que deseaba: su propio despacho, una casa gigante. Creo que por eso me gustaba estar con ella, por eso y porque así no tenía que ir y venir de Juárez a El Paso a diario. Ah, porque yo trabajaba allá, pero vivía acá. Un día, lo recuerdo como si hubiera sido ayer, nomás de puro ocio abrí su clóset. Ese era el clóset de una mujer con goles en la vida, definida, disciplinada. Olvídate de colores o texturas, de escotes o coqueterías, pero qué feliz fui abotonándome una blusa de seda con botones aperlados, una falda tipo sastre. Ay, yo era finalmente yo. Mi transición tardó, pero ocurrió por ella o a pesar de ella.

Y mírame ahora. Pues sí, supongo que debo agradecérselo, es cierto, de lo malo siempre viene algo bueno. Tú sí que eres profunda, ya me estás cayendo bien. Oye, pero te dije mírame a mí. Sí, a mí, no a mis tetas, ¿qué, quieres tocarlas? No, cual disculparse, te lo digo en serio. ¿Cómo me va a molestar si ya estoy acostumbrada? De veras, ¿las quieres tocar? Sin pena, de veras. Estas dos me han metido en problemas, no te miento. La confusión es la madre de todos los vicios. Hay a quienes les gusta y hay a quienes nomás no. Hace años, cuando yo circulaba y no era la gerente, tenía una frecuente. Un mujerón que en mí encontraba teta dulce y la quijada dura, que era lo suyo. Cogíamos de misionero nomás para que ella me pudiera ver las destas. ¿Cómo que cuáles destas, chula? Pues mis destas. Ay, mamacita, las tetas, las destas son las TETAS que me acabas de agarrar. Mira, mejor vuelvo a lo mío. Te digo que con esta frecuente yo la pasaba divino. Me hablaba quedito, me decía cosas bonitas. Nos veíamos un par de veces al mes. Pero un día, un día nomás dejó de venir. Y mejor porque yo estaba así de enamorarme de ella. Soy una enamoradiza.

Sí, me gustan las mujeres.

Los hombres también.

Yo te bateo para todos lados. Mi teoría es que el mundo sería mejor si todos hiciéramos lo mismo, o sea, probar un poquito de todo. A fin de cuentas, el amor es amor, chula. A mí me gusta el amor, me gusta amar y ser amada. Mamar y ser mamada, ja, ja ja. De veras que tú sí sabes reírte porque ay, la Larousse qué seca era.

Bueno, esta que ves aquí será tu esquina y tienes que cuidarla, que nadie te la gane. Por aquí a veces caen unas viejas bien abusivas. Vienen por épocas, depende del revés económico nos verás solo a nosotras o verás otras de otros barrios que ya saben que hay más dinero acá. Hace mucho que no las veo. Vivirás con nosotras en ese edificio de allá, ese donde están construyendo. Me estoy haciendo un loft, ¿tú sabes lo que es un loft? Ah, mira, qué bueno que me entiendes porque aquí cae cada niña que parece que la escuela les pasa de noche. ¿Mujeres? Pues no muchas y ahora, a como están las cosas en la ciudad, cada vez son menos. Yo digo que les da miedo salir y que les agarre la noche en la calle. Si vienen, vienen acompañadas, ya sabes, parejitas curiosas. Pero mujeres solas, ya es muy raro. Te diré que son las mejores clientas, ¿eh? Además de pagar bien, dejan buena propina. Como que comprenden lo duro de esta profesión o entienden que por mujeres como nosotras ellas pueden ocupar lugares en la sociedad. Me refiero a que si las mujeres son activas y creciendo en sus empleos es porque tienen a mujeres haciéndoles la chamba, en su casa, cuidándole los niños, lavándoles la ropa, cogiéndose a sus maridos para que ellas no se distraigan, ¿sabes cómo? Ay, soy una cínica, ya sé.

A lo que voy es que hay menos clientas y más clientes hombres. Y de esos pues hay de todo, generosos, codos, recodos, culeros, pero a todos se les da servicio de primera, así que al cliente lo que pida. Velo así, chula, el cliente es el que te da para comer, beber, vivir y para algunas de nosotras es el que da para las tetas. Digamos que las tetas te las dan los clientes. Mis niñas fueron el trabajo de dos años. Están bonitas, ¿no? Se nota que te gustaron. Te pusiste roja, ja, ja. Y tú quieres preguntarme otra cosa, ¿verdad? A leguas se nota que te mueres por saber si tengo o no pistolita de agua aquí entre las piernas. Flash news, chula, sí tengo pero está bien guardadito, lo reservo para ciertas ocasiones.

Una vez pensé en quitármelo, quitármelo a la chingada para no andar regando hijos por ahí como cualquier puto cabrón que anda por ahí. Yo fui un puto cabrón, yo la regué por ahí, dejé embarazada a mi novia. Esa, de la que te contaba. La embaracé y me fui. Ese capítulo de mi vida mejor cerrarlo con candado y tirar la llave al basurero. Y no, no me siento orgullosa de eso. Así que ya te imaginarás que aquí llegué huyendo y aquí me vine quedando. Como todas, sí, tienes razón. Todas huimos de algo, sí. Ay, se me hace que tú y yo vamos a ser buenas amigas. Ay, pero veme, ni te he explicado nada de tus responsabilidades en esta chamba y estoy más hocicona que nunca. Mira, mejor vámonos enque el Javier, un clamatito me enfoca y te explico a fondo cómo trabajamos nosotras. El Javier es… ah, pos si él te recomendó, ¿de dónde lo conoces? Uuuy, sí, ese Javier es bien popular, todo mundo lo conoce; aparte claro que tiene exes en todos lados. Oye, ¿y tú tienes novio o novia? Te pregunto solamente para saber si tu pareja sabe y está de acuerdo con lo que tú haces. Porque eso fue lo que le pasó a la anterior, mi Larusita, la extraño. Era mitad muy lista y mitad muy bruta. Se fue porque tenía un noviecito bien celoso que se la pasaba llámele y llámele. Pero a ver, ¿por qué no la sacó de esta chamba si tanto la quería? Los clientes empezaron a quejarse y con justa razón, oye, si no pagan para verte hablar con otro hombre.

Javieeeer, un clamatito. ¿Qué te tomas, chula? Yo invito el primero.

No, yo no empecé, me empezaron, me empezaron como empiezan a muchas, como empiezan a todas las que abandonan el asco de una vida para vivir en esta otra que también es un asco, pero el asco que una elige. Me empezaron y no digo que haya sido fácil porque tú sabes que esto no es fácil. La pinche verdad es que ser puta es bien difícil, pero a todo se hace una. ¿Cuánto llevas en el negocio, por cierto? Hay quien diría que caí bajo. Pero a veces hay que caer para de veras levantarse, y yo me levanté y levanté estas dos redondas amigas tuyas, la barbilla y las nalgas. Sí, también las nalgas, a poco crees que me crecieron nomás porque sí. Aquí las nalgas lo son todo. Párate para que te vea las tuyas. Chuuuula, te va a ir bien.

Gracias, Javier. A ver, chula, salud.

El Javier es la neta, él es una extensión de nuestro negocio. Antes nomás éramos compas, luego que si ya pon una oficina acá y ahora pues nos asociamos. Tenía todo el sentido del mundo porque sus clientes usan nuestros servicios y cuando se acaba la chamba ellas llevan los clientes a echarse un taco para recuperar energía. Es un negocio redondo. Y cuéntame, ¿qué te trajo con nosotras? Fíjate, yo le di al taloneo con la idea de hacer dinero y hacerme el cuerpo que quería y mira qué bien quedé. Linda, mi jefa, decía… ¿cómo era lo que decía? Ay, creo que ese clamatito me lo eché tan sin respirar que ya se me lengua la traba. Ella nos decía a las transexuales, que en esa época éramos dos, la Cafre y yo, que para ser mujer una se podía poner, añadir, remozar, pero jamás quitar. Quitar eso sí que es un pecado, decía la Linda. Yo no pienso que es pecado, yo nomás pienso que es un riesgo. Teníamos a una, la Bibi, que trabajó con nosotras hasta que se hizo la jarocha. Después de la cirugía vino la recuperación que fue muy larga y no sé, yo creo que le tomó miedo a quedarse en el negocio y que la lastimaran, no sé. Terminó yéndose. Si alguien llega aquí a hacer dinero para ahorrar y quitárselo para siempre de los siempres, en eso no me voy a meter. Cada quien tiene sus propias formas de sentirse completa.

¿Y yo qué sé qué se necesita para sentirse completa? A lo mejor la vida se trata de nunca sentirse completa para tratar de andarse completando por el paso del tiempo. Y en el andarse completando uno descubre cosas de sí misma. Yo, como puedes imaginarte, sigo tratando de completarme. Y hablando de completar, hay que completar tu inducción. Mira, si te das cuenta aquí todo está a una caminata de distancia: la esquina, el Javier, el hotel, los depas, la farmacia. El barrio es bondadoso, el barrio es bueno, el barrio nos da todo. El barrio también quita, así que ponte lista. Cualquier cosa me pegas el grito que yo aparte de la administradora, soy la rompehuesos, yo le pongo en su madre a quien se meta con mis muchachas.

19

¿Irme de aquí? Más de una vez lo pensé.

¿Buscar a mi familia? Yo no tengo familia.

¿Volver a la escuela? Pa qué.

Sus preguntas hoy son más bien tontas, se ve que no durmió bien o que no desayunó. Me gusta más cuando me hace preguntas sobre la vida aquí, sobre lo que hacemos para sobrevivir. Yo creo que hasta un libro se puede escribir. Para eso nos están tomando fotos y entrevistándonos a todos, ¿no? Para un libro. Le pregunto que si para eso vienen semanalmente, para hacer un libro con el material. Oiga, anda bien despistada y nomás me está haciendo perder mi tiempo. Mejor aquí le dejamos.

¿Un mal día? Pos qué suertuda porque aquí nosotros no tenemos un mal día, aquí los días ya son malos de por sí. Pero no se vale quejarse, yo de aquí saco lo suficiente y hasta más para vivir. Pues porque aquí las cosas aguantan mucho, y si no, siempre hay otras. Yo encuentro cosas que ni sé que necesito, pero que luego se vuelven cosas que justo necesito. Yo creo que igual les pasa a los ricos. Compran cosas que no necesitan, cosas que no usan. Luego cuando las necesitan están tan empolvadas y viejas que mejor compran nuevas. Así es con todo. ¿O no?

Una de las primeras cosas que adopté cuando recién me vine a vivir aquí fue un bat de beisbol. Me acuerdo que me dije: No lo necesitas, pero luego pensé qué tal que luego sí lo necesito. Estaba todo liso y gastado y viejo y triste, un bat de niño rico que se aburrió de tanto jugar. Seguro su madera vio muchas pelotas pasar y dio muchos golpes. Para ese niño fue un juguete, para mí mucho más. Me salvó la vida más de una vez. Lo debo tener por ahí, todavía. Ya no lo uso, ahora tengo esta navaja que es más efectiva para cuando alguien me quiere dar un susto, ¿a poco no está bonita?

¿Cómo para qué? Para protegerme, aquí siempre hay alguien que te quiere dar un susto que, porque le ganaste lo que él quería o nomás porque sí, porque le gustaste para venir a joderte el rato. Esta navaja también me ha salvado la vida más de una vez, es mi compañera de día y de noche, sí porque de noche me la acomodo bajo la almohada porque a mí nadie me agarra desprevenida, ya no.

Y no digo que la gente de aquí puede ser peligrosa, es más bien la de fuera, la de fuera o la recién llegada. Gente que no sabe su lugar, gente que no sabe quién es quién, gente que no sabe quién soy yo. Meterse conmigo es meterse en un pedotote, dice don Chepe y tiene razón. ¿A él no lo han entrevistado?

Te ves distraída, yo creo que eso ya me lo habías preguntado, pero igual te contesto. Mira, aquí la gente arma sus casas de lo que sea. Plástico, madera, cartón, lonas, cobijas, pedazos de esto o de lo otro. Así armé yo la mía. Las paredes están chuecas y el techo es parte metal y parte madera y parte cielo, pero tapa bien y eso es lo único que importa. Además, si algo deja de servir, se rompe, o se desploma, no hay más que caminar unos pasitos para encontrar otra pieza para poner en su lugar y listo.

En el basurero siempre hay algo con que reemplazar algo más.

Todos vivimos aquí sobre el mismo suelo, un suelo que huele a basura, que está relleno de basura, que es de basura. Este suelo, mire, acérquese, este suelo se fermenta en el verano, y ese olor, ese sí que te cae un poco gordo al principio; luego, luego se vuelve aire, el aire de siempre. Ni lo sientes.

El aire aquí mezcla todo, fruta, verdura, tripas, químicos, yo digo que es un olor que repugna solo al que viene por primera vez, al que viene y no vuelve. Porque al que llega y se queda, al que vive aquí, al que no conoce otra cosa, este olor le da igual, este olor es suyo. Mío. Tuyo. Hasta que ni lo sientes. Yo ya ni lo siento. ¿Tú? Bueno, pues este olor se vuelve la nube sobre todo y todos, pero hay días que es más fuerte, te pican los ojos y la nariz, se te pega en las manos y en las mejillas. Anda contigo como las moscas. Hay temporadas en que lo único que ves son moscas. Nubes de moscas. Moscas y moscas. Los mosquitos solo son en el verano. Porque: llueve, se junta el agua, se ensucia el agua y de ahí salen por centenas.

A mí no me pican los mosquitos, yo creo que saben que ni mi sangre es buena. O me tienen miedo, como todos aquí. Es mejor que te tengan miedo, así nadie se mete contigo, ni las cucarachas.

Sí, claro que hay cucarachas, hay cucarachas, larvas, todo tipo de insectos que ni vemos ni sentimos. O a lo mejor los demás sí los ven y los sienten y yo ya no. No sé, a lo mejor los insectos, todos ellos, están aquí para ver qué sacan, como nosotros, como yo. Con la gente igual, son como larvas, como cucarachas, y no lo digo en mala onda, sino que eso, vienen a lo suyo, a buscar para los suyos y pos cada quien. Aquí no viene uno a hacer amigos, aquí viene uno a sacar para vivir y ya.

La verdad es que aun con todo eso, con el olor, el desacomodo, la gente, la batalla diaria para quedarse con lo mejor que llega de los camiones, estar aquí es más bien fácil. De veras. Pos porque aquí la vida siempre es igual. Sale el sol y ya están el olor y la gente y las moscas. Se mete el sol y siguen ahí. Olor, gente, moscas y basura, eso es todo lo que hay aquí.

Oiga, ¿y no tendrá un cigarrito por ahí?

También estoy muy chica para vivir sola y de la basura, pero ya ve, aquí estoy. No, pos si su conciencia no la deja darme un cigarrito mejor ahí la dejamos. No, si no estoy enojada, así hablo yo.

20

Siento que todo lo estoy haciendo mal o a medias. Es cansancio, entre el trabajo y el cuidado de la tía, que se ha vuelto también trabajo, no tengo tiempo ni para respirar. Aunque si tuviera tiempo para respirar, también lo estaría haciendo mal. Norma dice que no sé descansar y tiene razón. Me siento abrumada y estancada.

La tía, en cambio, sigue en una constante travesía. La semana pasada, por ejemplo, se estacionó en algún punto de su infancia. Tardé en entender qué ocurría. Me decía: ¿Vamos a la tienda? Vaa-mos, vaaa-mos, vaaaa-moos, repetía como una canción infantil. Vaa-mos-vaaa-mos-vaamos. Como no le hice caso de inmediato, comenzó una pataleta. Y no supe qué hacer. Me sentí estúpida. La tía llorando y gritando y yo ahí, parada, sin saber cómo remediar su llanto. De pronto se me ocurrió una solución:

—Bueno, pero después de comer.

—Ándale, vamos ya.

—Después de comer, si no: mamá se enoja.

—Griseeeelda, ándale.

La tía me llamó Griselda. Le hablaba a mi mamá, no a mí. A mí me dice Gris. Griselda es mi madre. La tía hablaba, es decir, creía que hablaba con mi madre. La tía era una niña invitando a su hermana a la tienda. La tía: Vamos-vamos-vamos, y yo sin tener una puta idea de qué hacer. Tanto estudiar sobre salud y comportamiento para a la hora de la hora no saber cómo tratar a una persona enferma. De nada sirvió ser la primera de la clase ni pasar tantas horas en la biblioteca. No soy capaz de cuidar a nadie.

Cuando la pataleta comenzó de nuevo, le llamé a Magda.

—Síguele el rollo.

—Ya lo hice, pero no para de llorar, no se calma.

—Dale lo que pide o algo parecido. Voy para allá. Pero no cuelgues, quiero escuchar qué dice.

Le propuse a la tía buscar una botana en la cocina: Seguro mamá tiene algo por aquí, le dije. ¿Y una coca? Comenzó a llorar de nuevo porque no había cocacolas. Entonces Magda, desde el teléfono, le prometió que nos traería eso y más. La tía comenzó a dictarle una lista de todo lo que quería y poco a poco fue tranquilizándose. Luego me tomó de la mano y me llevó a la cocina que saqueó para encontrar: Una botanita, Griselda, una botanita antes de que llegue mamá.

Mientras Magda limpiaba el desastre que había quedado en la cocina, la tía y yo veíamos la tele. Ella reía con un episodio de *The Golden Girls* y yo fingía que me daba risa, pero en realidad me sentía fatal. Estelle Getty, una de las actrices, pasó los últimos años de su vida con demencia senil.

Con mi tía será igual. En algún momento perderá completo contacto con la realidad y nosotras la perderemos a ella.

Un par de días después, quería jugar a las muñecas y como en casa no hay tal cosa, tomé un par de esas figuras de cerámica de su vitrina: dos niñas con regaderas en mano echando agua a las plantas de un jardín imaginario. Ella tomó una, yo la otra. Regamos toda una alfombra: Riega y riega y riega, vamos riega y riega y riega, cantaba la tía. Se reía de mí porque yo seguía su canción a destiempo. Carcajadas porque yo desentonaba. Creo que nunca la había visto feliz.

Y como si los años pasaran de una noche a otra, ayer llegó a la adolescencia. Por la noche vino a mi cuarto y me pidió prestado el vestido rojo: El largo, el que tiene las flores blancas, ese, el que compramos en el Penney's. Le dije que no sabía dónde estaba. Se desilusionó: ¿Y qué me voy a poner para el baile? Va a haber muchos guapos, dijo. Es extraño verla así, un momento una niña, al siguiente una jovencita buscando chicos en un baile.

Reviso las notas que he tomado en los últimos días y me parece que su mente se estaciona en una edad y a partir de eso elabora, imagina. Pero también es posible que estos sean recuerdos específicos. Debería saberlo. Tanto estudio y no saber cómo aproximarse a esto.

—Un día pregúntale a qué edad perdió su virginidad—me pide Norma.

—Stop it.

Sé que mi hermana solo trata de hacerme reír. O hacerse reír a ella misma porque a las dos nos afecta ver a tía Mayela así. Interrumpo el silencio y le digo:

—¿Y si le pregunto si tuvo amantes mientras nos criaba?

Norma se sorprende, casi tanto como yo, de lo que la persona más aburrida del mundo acaba de decir.

—La tía ni tiempo tuvo para el sexo.

—¿Ves, Gris? Por eso te digo hay que coger as much as you can, while you can.

No recuerdo la última vez que mi hermana y yo hablamos así, pasando de la seriedad a la broma. Nos pusimos al corriente del trabajo de cada una, de las experiencias con la tía y a contarnos lo que sentíamos. Más bien, ella me contó lo que sentía, yo simplemente le expliqué más sobre el día a día.

—A veces despierta de esa fantasía, recuerdo o lo que sea y se descubre a sí misma bailando frente al espejo, jugando con dos muñequitas, o con montones de maquillaje en la cara y se avergüenza.

—Oye, pero ¿estás segura de que se toma todos los medicamentos? ¿Come bien? ¿Estás seguras de que Magda la cuida? ¿Qué dice el doctor?

Trato de calmar la ansiedad de mi hermana. Le explico que Magda es fenomenal y que la tía le ha tomado confianza y se ha permitido depender de ella para todo. No le confieso que yo misma me estoy dando ese lujo y que sin ella estaríamos perdidas.

—Ay, Gris, si la tía se hubiera quedado conmigo yo no hubiera sabido qué hacer. Yo no tengo tu entereza.

¿Entereza yo? Entereza la de Alicia, entereza la de las mujeres en el basurero. Entereza la de la tía y que no heredé y que ya no podré aprender.

21

No seas absurda, échate otra, yo te invito. Ya sé que te dije que solo te invitaba la primera pero de veras que me caíste bien, ya te siento de las nuestras. No te apures, porque si te quedas con nosotras ya que hagas tu dinerito, la bebida me la vas a invitar tú a mí. Javier, otro clamatito, ¿tú qué te vas a tom...? Eso, así me gusta. Javier, dos clamatitos. Estos más cargaditos, porfi.

Cuánto hacemos... A ver, ¿al día, a la semana, al mes, a qué te refieres? Mmm, está difícil decir, depende la temporada, supongo. No sé, en una mala semana sacas unos dos mil. En una muy buena semana hasta seis mil, bueno, pero no te estoy incluyendo ahí mi porcentaje y lo que te cobramos de hospedaje, que es nada, la verdad, a como están las rentas y los servicios en todos lados. Además, malo que yo lo diga, pero este es el mejor lugar para vivir, aquí nadie se mete con nosotros, nadie viene y nos grita putas, maricones, cochinos de mierda, como en otros lados de la ciudad. Aquí nadie nos juzga. Aquí nadie nos critica. Aquí nadie nos... ay, chula, mi sermón parece canción de Juanga, aquí nadie, aquí nadie, no, no, nooooo, porque somos dueñas y señoras. Chula, ponle de base la música de *Ya no me interesas* y listo. Mi canción se llamaría *Somos dueñas y señoras*. Ay, chula, ya... no la cantes, que me voy a hacer pipí de la risa, ¿por qué?, no sé, no sé porque aquí naaaadie nos critica, aquí nadie nos juzga, aquí nadie nooooos... ay, me orino, me orino. Javier, dile que se calme a esta, yo creo que hasta tres arrugas me salieron en la cara por estar risa y risa.

Bueno, ya. Serias.

A lo que iba es a darte una idea de cuánto nos costó llegar a este nivel de respeto en el barrio. Cuando yo estaba empezandito no faltaba quien le rayara el carro a Linda o quien grafiteara palabrotas afuera del edificio. O sea, muy de familia y muy cristianos, pero la clase de lenguaje que usaban para con una. Yo no entiendo. Van y le aplauden a Juanga que es más jota que todas las jotas y a nosotras nos hacen el feo. Bueno, no los culpo, Juanga es el santo patrón de nuestra ciudad, Dios le dé larga vida. Pero somos nosotras y no él quien ha traído bienestar al barrio. Bueno, dicen que él fue quien pavimentó esa calle, la de allá, quesque por aquí pasaba su mamá para ir a trabajar a diario. Pero nosotras hemos hecho todo lo demás, nos unimos con la unión de vecinos y conseguimos que cambiaran los postes de luz, por ejemplo. Como te puedes dar cuenta, nuestro barrio es como un pueblo en sí mismo, qué digo pueblo, ciudad. Hasta deberíamos hacer nuestras propias elecciones porque ¿ya viste los candidatos de este año? De Guatemala a Guatepeor, chula, a eso vamos.

Nuestro barrio está lo suficientemente alejadito de la ciudad, del basurero y de las iglesias, los mayores focos de infección de por aquí, ja, ja. Y si lo ves como lo ves, es por nosotras. Aparte de los postes de luz, conseguimos que una pipa viniera semanalmente el verano pasado, pusimos contenedores de basura en cada esquina, uy, ¡hasta cable e internet tiene este lugar! Y es por nosotras, por nuestras conexiones, por nuestros clientes, por nuestros encantos. Si en vez de llamarlo barrio Azteca deberían llamarlo barrio de Las Aztecas, ¿a poco no se oye bien? Le digo a Javier que ya de plano haga un club y le ponga así. Pero el Javier luego me tira a lucas, ¿verdá, Javier? Con que no me tires a lucas con los clamatitos. Se vive bien aquí, chula. Ocurren cosas como en todos lados ocurren cosas, claro, uno que otro asalto, uno que otro tiroteo, pero eso ocurre cuando viene gente extraña, porque la gente de aquí nos cuidamos los unos a los otros y nos aseguramos de vivir bien, en armonía, con respeto te digo. En este barrio vas a ser feliz, tan feliz como todas nosotras. Oye, pero no te creas que somos sordas sobre cómo se está yendo todo a la chingada, ¿supiste de la explosión esa en el centro? Un carro bomba, en Juárez, ¿quién se lo hubiera imaginado? O sea, esas cosas pasan en Irak, en Colombia o yo no sé, pero no en Juárez, si Ciudad Juárez es número uno, como dice nuestro san Juanga. Pero en la ciudad número uno pasan cosas y muy feas por todos lados. No, chula, si yo te contara de las chicas que hemos rescatado de otros puteros a donde llegan porque alguien las arrastró con cuentos o las vendió. Sí, hay muchachitas que son vendidas al mejor postor. La Tijeras dice que las venden sus propias familias y luego ellos mismos son los que ves en la televisión chillando que porque están desaparecidas. Yo no sé qué tan de cierto sea eso, pero a veces es en la familia misma donde están tus peores enemigos, ¿o no? Ve tú a saber qué historia hay detrás de cada una de nuestras muertitas aquí en Juárez. Yo cuando puedo ayudo, y a veces uno ayuda nomás escuchando, dando la mano. La Serena, que es bien callada pero cuando habla, habla, dice que yo busco hijas en todas las muchachas que rescatamos de las manos de algún depredador y en las que contrato y en las que mejor mando a trabajar con el Javier. Capaz que tiene razón, a lo mejor yo abandoné la maternidad pero el instinto está ahí, la maternidad no me abandonó a mí. Ay, qué intensas nos pusimos.

¿Este último traguito no te lo vas a acabar? Ay, niña, dejar comida o bebida es pecado, ¿que no sabes? Pero ríete que lo digo en broma, ¿a poco tú crees en los pecados? Adventista, Diosito santo. No, pos qué bueno que dejaste a tu familia, dicen que esos ni chicharrón comen. Pero oye, a estas alturas ya deberías saber que todo eso es puro cuento, es más, creer en el pecado debería ser pecado. Yo sí he pecado. Estas arrugas y estas canas, que más te vale que me digas que ni se ven, son resultado de mis pecados. Yo he pecado de pensamiento, palabra, obra y comisión. ¿Cómo que omisión? Mira, yo siempre pensando que decía... Oye, pero no tiene sentido, ¿cómo que pecar de omisión? Yo digo que es mejor pecar de comisión, ja, ja, ja. ¿Mis pecados? Eres curiosa de veras, ¿eh? Todo quieres que te cuente. Ya te caché que me haces hablar con facilidad; fíjate, eso le puede gustar a tus clientes, hay unos que lo único que realmente quieren es hablar y hablar y hablar. De veras, hay clientes que vienen aquí solo para ser escuchados, para tener una pizca de la atención que nadie en el mundo les da. Y tu deber es escucharlos, parar la oreja. Hazlos sentir que nunca habías escuchado historia más interesante, más conmovedora, más, más, más... lo que se te ocurra. Yo tenía un cliente así que solo quería hablar, hablar de su mamá, de su abuela, de su vida. A todos los había perdido uno por uno, porque la pinche vida es así: cuanto más te da, más te quita. Rico se llamaba, y no era rico pero se podía dar el lujito de venir más de una vez a la semana. Llegaba, pedía su chupadita, porque eso era lo único del menú que pedía, su chupadita. Luego empezaba a contarme de cuando era chiquito. De cuando vivía en Yécora y se la pasaba trepándose a los árboles o correteando ardillas, o de cómo cuando murió el papá y la mamá se negaba a enterrarlo y quería velarlo en su casa noche y día, de cómo después la abuela se los trajo a vivir con ella a Juárez y de cómo a la mamá ni la veía porque trabajaba en la maquila, ay, chula, un telenovelón de vida el pobre. Yo creo que por eso le tomé tanto cariño al Rico porque yo lo oía y sentía que estaba contando casi casi mi historia. Porque yo también crecí sin padre y casi casi sin madre por culpa del trabajo en la maquila, porque yo también me sentía el único en mi especie. Eso de esconder quien una realmente es no es de Dios y mira que ya te dije que yo ni creo en Dios. Así el Rico, escondiéndose, pero no solo eso, el Rico se hizo una vida de mentiras: tuvo novia, se casó, tuvo hijos y ya te la sabes, cogiendo con batos cuando se daba la oportunidad. Hasta que dio con nosotras y pues se hizo frecuente.

Mi vida, te lo juro, era *mi* vida la que me contaba el Rico, nomás que yo dejé al fruto de mis pecados. Yo me coarté a mí misma la posibilidad de ser madre. Hay por el mundo un muchachito o una muchachita que a lo mejor sufre por consecuencia de mi decisión de pintarme pal carajo. Así que bueno, si abandonar a una mujer embarazada también es pecado, *mea culpa*. Ay, siempre digo que no quiero hablar de esto y siempre termino haciéndolo. ¿Cómo? Ah, pos no, no lo había visto así, a lo mejor tienes razón, a lo mejor eso, lo no resuelto en nuestro pasado se queda como dices, pegado en nuestro presente. No, ni te disculpes que yo te agradezco la empatía. La Tijeras siempre me dice que a mí me deberían pagar por hablar y no por mamar.

Pues sí, tienes razón, hablar es sano, pero yo no creo que cure las heridas, y mucho menos que borre la culpa. Ay, te imaginas que hablar de los errores de una borrara el dolor en las entrañas, uf, otro mundo sería este porque claro que cargo mi culpa, no hay día que no me pregunte yo qué fue de ella, de mi novia, y qué fue de nuestro hijo o hija. Qué fue de sus vidas.

22

Aquí llegan personas solas o familias y unos y otros toman el pedazo de tierra que quieran, comienzan a pepenar y arman su vida. Porque aquí viene uno para armarse la vida. Los cerros de basura te dan todo. No es tan fácil como suena, no es como tomar las cosas de los cerros y ya. Para ciertas cosas hay que pedir permiso, pagar la cuota. Hay veces, hay lugares de los que nadie puede tomar nada. Esa es la mejor: basura por la que hay que correr mientras un guardia te persigue a punta de gritos o de pistola. Es basura que, si te agarran, te la quitan a patadas.

No sé cuántos años tengo aquí, hace mucho que dejé de contar. Yo lo único que cuento son los zapatos que encuentro, a veces con par a veces sin par. Como estos tenis. ¿Te gustan? Uno es rosa y otro es blanco, uno es un poquito más usado que el otro pero los dos son iguales, mira nomás. Los mismos. Misma marca, qué suerte, ¿no? No pierdo la esperanza de encontrar el par de cada uno y entonces tendré cuatro tenis buenos. Son de suela dura, de esa que por más que camines y subes y bajes de los cerros de objetos, ropa, muebles y basura aguanta.

No, pues ni sé de qué número calzo, pero no necesito que me traigas nada, o sea, si quieres traerme tráeme, pero no hace falta. Yo aguanto, yo también soy suela dura, aquí hay que ser suela dura o si no te carga la chingada. Al tipo ese bajo la lona se lo cargó la chingada por débil, por pendejo, por no saber cuidarse. Por no respetar. Se le hizo fácil comenzar a pepenar en el cerro sin pedir permiso a don Chepe.

Don Chepe decide quién puede pepenar y quién nomás no. A don Chepe se le respeta, se le paga su cuota. Don Chepe cuida de uno. Del metal que yo vendo como yo y comen ellos. Don Chepe es el líder de todos, es el único con el que hablo. A los otros ni les importo y tampoco ellos a mí. Don Chepe y yo sí nos entendemos. Él, así en confianza, me dijo una vez que los mayores nos necesitan más que nosotros a ellos, ellos ya no hacen nada, nomás están ahí fumando, cuidando la entrada a la basura buena. Velos, me dijo, ahí están acordándose del tiempo en que no vivían aquí, del tiempo en que trabajaban allá, en el otro lado, del tiempo en que tenían casa y vida y cosas.

A don Chepe no creo que le guste que anden ustedes aquí por mucha vacuna y mucho suero y demás cosas que nos traigan. Si alguien tiene historias de este lugar es don Chepe. Él siempre ha estado aquí. Para él no hay otro tiempo ni otra vida. Este es su todo. Su rollo es nomás hablar de la época en que la gente tiraba mejores cosas. ¿Mejor que esto?, le digo enseñándole una caja entera de latas de pozole. Don Chepe dice que sí porque en aquella época la gente no venía y tiraba aquí gente o pedazos de gente, basura tan sucia que te enferma de veras.

Sí, claro que me he topado con pedazos de gente.

No, ¿pa qué? Como si la policía fuera a hacer algo, eso también lo aprendí de don Chepe. Ni la policía ni el gobierno. Es más, ni ustedes van nunca a hacer algo por nosotros.

Hay cosas que no me gustan de don Chepe, la verdad. Yo sé que hace arreglos con los guardias y con los dueños de las empresas esas las que tiran aquí cuando no deberían tirar aquí. Yo sé que hace otras cosas, dice que no quiere que vengan y tiren gente o pedazos de gente pero yo sé bien que a él a veces le pagan para eso. Yo en eso no me meto, yo me limito a hacer mi trabajo y ya. Es más, de eso ya no quiero hablar.

¿Qué más hago para don Chepe? Recojo metales y le organizo a las mujeres con el plástico. Le cuido lo suyo. Para el metal tengo un detector. No, no es un aparato ni nada, es esto: mi ojo y mi instinto. Es como si yo los viera brillar de debajo de todo. Hay días que en un ratito pesco un chingo y hay días en que esculco un día entero y nada.

Con las mujeres ya no tengo que hacer mucho, ya ellas mismas se organizan. Porque es una chinga el plástico. De veras una chinga. Yo tengo la idea de que un día tengamos nuestra trituradora de plástico aquí mismo, así, sin el intermedio gringo. Cuánto dinero haríamos. Pero también, cuánto dinero necesitaríamos para poder comprar una máquina así.

Lo mío lo mío pues son los metales. Si junto muchos un día, ya no tengo que trabajar tan duro el resto de la semana, la agarro despacito. Y aprovecho para leer los libros viejos que tengo o los que me he ido encontrando aquí y allá. Trabajar y leer, eso es todo lo que hago. Un tiempo a don Chepe le dio por duro y dale que yo debería de volver a la escuela, eres muy lista para tu edad. Le dije que ya estaba yo muy peluda para volver a la primaria. Así me dice a veces, Peluda. Peluda, ven, Peluda, a ver qué traes. El basurero es la escuela de todos, Peluda, pero tú, tú tienes que ir a una escuela, tú sí eres lista, tú sí vas a salir de aquí un día.

A veces creo que me ve como a una hija. Bueno, una hija que tiene que chingarse el lomo para ganarse su cariño.

Si me hubiera quedado en la escuela, no sé, ahorita tal vez ya estaría en la prepa. Luego cuando camino por los barrios de por aquí vendiendo cosas veo a las alumnas de secundaria y de prepa caminando con sus mochilas y sus uniformes y sus calcetas hasta la rodilla y sus risas y sus pláticas de novios y sus cabellos bien peinados y sus bocas muy pintadas, y se me antoja. Se me antoja ser como ellas y tener mochila y uniforme y andar así risa y risa. Pero luego se me pasa, se me olvida.

Tenía yo un amigo. El René. Era mayor que yo, pero bien retependejo. Yo le gustaba. Me decía que nos fuéramos juntos, que buscáramos otro lugar donde vivir, un trabajo más digno pero yo de aquí no me voy, yo de aquí soy, yo aquí me quedo. Este es mi hogar. ¿Quién necesita novios, quién necesita mochilas, calcetas, uniformes, tareas, cuando se puede tener una vida gratis?

Cuando se fue el René sí me dio tristeza, la verdad, ya me estaba acostumbrando a él. Pepenábamos juntos, nos reíamos viendo la tele en el puestito de burros de allá afuerita. Nos comprábamos uno cada uno y compartíamos una coca. Veíamos *El Chavo*. La Chilindrina está enamorada del Chavo como doña Florinda del profesor Jirafales, me decía. ¿Y eso qué? Le preguntaba yo.

Una vez no me podía yo levantar de la cama, tenía un dolor, así un dolor que nunca había sentido en la panza. No quería ni moverme, quería quedarme ahí para siempre. El René afuera grite y grite, Alicia, Alicia, y yo primero sin contestarle a ver si se iba y luego gritándole que hoy no iba a pepenar. Ahí estaba yo, hecha bolita. El René entonces entró gritando que había pasado una camioneta de placas gringas, llena de cosas pa tirar, ándale, vamos. Levantó la cobija y se quedó mirándome entre las piernas. ¿Qué te pasa? Y entonces yo también la vi, la mancha de sangre en mi ropa, en mi colchón.

El olor a sangre.

Eso sí no lo soporto, el olor a sangre. Todo lo demás, la carne vieja, la fruta podrida, el agua sucia, todo eso no se compara al olor a sangre.

El René me tapó de nuevo, se me quedó mirando, yo podía verle el ratón en la cabeza dando vueltas, espérame tantito, dijo y se fue. Al rato llegó con una mujer, una que yo había visto nomás un par de veces en el basurero. La dejó entrar, me destapó y le enseñó la sangre de entre mis piernas. Ella me miró, me preguntó: ¿Quién te hizo esto? Nadie, le dije. ¿Es la primera vez que te sale sangre de aquí? Le dije que no sabía, le dije que no había hecho nada, le dije que desde ayer me dolía la panza y nomás había amanecido así.

Luego lo miró al René y le preguntó: ¿Tú le hiciste esto? Y el René dijo: No, ¿cómo cree? Yo así la encontré, ¿se va a morir la Alicia? La miré y le pregunté yo también: ¿Me voy a morir? Ella nomás nos vio y nos dijo que éramos un par de pendejos y que ojalá nunca nos reprodujéramos. Le dio dinero al René y lo mandó a la tienda a comprar toallas, luego ella me levantó, me desvistió, y con una cubeta me lavó. Cuando el René llegó le agarró el paquete de toallas de la mano y lo mandó afuera.

¿Cómo te llamas?, le pregunté mientras le ponía la toalla a un calzón viejo que encontró en mi mueble. Me dicen la Bonita, me dijo. Sí que era bonita. Con cara triste, pero bien bonita. Me dijo que ya no era yo una niña, que ya era una mujer y que una vez al mes me iba a sentir igual de mal y me iba a salir sangre por las piernas y que entonces yo siempre tenía que tener una toalla como esas y ponérmela.

La sangre de esta mañana es la diferencia entre la que eras ayer y la que serás de ahora en adelante, me dijo. Mira, Alicia, así te llamas, ¿verdad? Tienes que cuidarte más y de los hombres especialmente porque esos nomás se te quieren meter entre las piernas. No sé por qué se me ocurrió contarle ahí mismo que un hombre ya se había metido una vez entre mis piernas pero que no había sangrado tanto como ahora. La cara de la Bonita cambió por completo. Se puso fea de tanto llorar. Me hizo que le contara a detalle, pero no sé por qué lo quería oír todo si nomás no paraba de llorar.

La Bonita también me decía a cada rato que si qué onda con el René. Le dije lo mismo que le digo a usted, solo las niñas quieren novios, las niñas pendejas. Y yo ni niña ni pendeja.

23

Uno de los últimos momentos con mis papás fue en un restaurante. No sé qué pedí yo, pero sé que me acabé todo y en cambio Norma, que era muy quisquillosa con la comida, comenzó a decir: No me gusta, estoy llena, ya no quiero. De tanto decirlo, mamá se cansó, dio un golpe en la mesa y la obligó a acabarse todo.

Hoy Alicia me dejó invitarla a almorzar. La idea surgió porque nunca había comido tortas de colita de pavo: Si tú invitas, te llevo a probar las mejores, me dijo. Al ver que no estaba yo muy convencida, agregó: Y te contesto todo lo que quieras.

Es increíble las cosas que pasan por su mente, será que es más joven y tiene las referencias más a la mano. Mientras caminábamos me estuvo contando de todos los perros que ha tenido, sus nombres, sus hábitos, anécdotas incluso. Pensé en todos los perros que nosotras nunca tuvimos. Luego de algunos personajes que habitaron el basurero. *Personajes*, esa palabra usó. Todo quedó grabado.

Cuando llegamos al lugar ordenó dos tortas y dos cocacolas, nos sentamos en una mesa y comencé mis preguntas que contestó una por una sin dejar de comer. Comió rápido, dando mordidas desordenadas a varios lados del pan.

Las entrevistas con Alicia me han hecho pensar en mis papás, especialmente en mi mamá. Cuando éramos niñas le preguntábamos a la tía por ella. Le pedíamos que nos contara de su infancia.

—¿Quién de nosotras se parece más a mamá?

—¿Hacía travesuras?

—¿Y tú, tía? ¿Eras traviesa como mamá?

—¿A qué edad dieron su primer beso?

—¿Cómo conoció a papá?

Fuimos descubriendo lo unidas que eran mamá y la tía, que andaban juntas de arriba para abajo. La una cuidando siempre de la otra. Intercambiándose vestidos, zapatos, tareas.

—¿No te gustó la torta?

—Sí, es solo que no tengo mucha hambre.

Alicia jaló mi plato. Me miró a los ojos, pero no me estaba pidiendo permiso, me estaba diciendo que se lo iba a comer ella. Adelante, le dije.

—¿Tienes hijos, doctora?

En el camino de regreso a El Paso, Norma me llama y me cuenta una serie de cosas de las que solo puedo entender que la tía se salió de la casa, la encontró casi de inmediato pero. Le digo que estamos por cruzar, que debo colgar, que se acerca el oficial, que no puedo estar en el teléfono.

—Tenemos que llevarla a un asilo, Gris.

Norma lo ha venido diciendo desde el inicio. A mí me parecía que no había que apresurarse, era cuestión de que no estuviera sola. Ahora no sé, aun con Magda la carga se vuelve más pesada. Hay días bastante buenos, pero hay otros en que es difícil negociar con ella, con la tía, es decir. Su temperamento me desbalancea y es Magda quien me reacomoda. Cuando tía Mayela entra en un episodio tiene cambios radicales de carácter, un segundo se está riendo, al siguiente está enojada o llorando. En sus momentos de más lucidez se le nota decaída, deprimida, y me preocupa.

—Siempre nos gustaron las mismas cosas a Griselda y a mí —me dice la tía de pronto, como si retomara esa conversación que sostenía con nosotras cuando éramos niñas. A veces no sé si me ve como adulta o como niña, pero sé que me ve, sus ojos sobre los míos, como reconociendo a alguien.

Cuando éramos niñas la tía nos llevaba a desayunar a ese viejo diner por Montana. Es increíble que siga ahí. Mi hermana y yo no nos acabábamos nunca la comida. Si las porciones eran lo suficientemente grandes, la tía pedía una caja para llevar. Pero si solo quedaban restos, la tía los llenaba de sal: Para que nadie más se coma lo que ya pagamos, decía. Estoy segura de que más de una vez Norma desperdició comida solo para ver a la tía echándole sal. No sé por qué nos hacía tanta gracia. Esta mañana, sin embargo, no encontré gracioso ver a la tía echarle sal a los restos de hot cake que Magda le preparó. Pero no le dije nada.

—¿Te vas a acabar el tuyo?

Le dije que sí, me paré por café y cuando volví la tía, estirando el brazo hasta mi plato, comenzó a bañar en sal mi comida.

—Carajo, tía, deja de hacer eso.

Para quitarle el salero le di un manazo. No sé de dónde me salió el impulso. La tía me miró asustada, sin entender. Magda entonces, con todo cuidado, quitó la sal y la pimienta de la mesa. La tomó de la mano y la llevó al fregadero a lavarle las manos.

—¿Quieres ver la tele un rato, Mayela?

La cara me hervía, supongo que de coraje. ¿O de vergüenza? Hay que llevarla a un asilo, pensé. Me levanté, tiré mi desayuno y me quedé parada frente a la basura una eternidad.

—Es normal perder la paciencia y.

Magda se puso frente a mí, me levantó la barbilla, me miró, tomó una servilleta y me limpió la cara. Yo tenía lágrimas y no me había percatado. Me puso la mano en el hombro y, sin pensarlo, me fui directo hacia a ella. Me recibió de una, como si ella misma lo hubiera contemplado. Mi cara entre su hombro y su cuello. Magda olía a limpio, a vainilla, a paz. Sus brazos en mi espalda, los míos en su cintura. Mis labios en sus labios.

24

El agua, el gas y la electricidad están incluidos en tu renta. Esta es la llave del edificio y esta otra la de tu habitación. A ver, abre para ver si funciona bien porque la copia la saqué apenas esta mañana. Tiene maña, no creas. Será que aquí todo tiene maña o mañas. La cocina y la sala son las áreas comunes. Yo trato de tener lo básico en el refri, ya sabes, huevos, jamón, leche, fruta y verdura. En la alacena encontrarás arroz, cereal, sopas, café, azúcar. Lo único que no compro para nosotras es carne y pollo, de eso cada quien se encarga. Nos tomamos turnos de comprar para todas y para la semana. El pollo de mañana, por ejemplo, es cortesía de la Rusa. Es más seria que la Serena, a esa sí no le sacas ni una risita, pero es confiable, solidaria, la neta de la neta. No le digas, pero es mi consen, siento que llegó aquí como patito feo y hela ahora todo un cisne. Toda una cisna, diría ella.

Acá está el botiquín, siempre encontrarás sal de uvas, pepto, mertiolate, curitas, alcohol y aspirinas, muchas aspirinas, porque en esta casa puede faltar todo menos aspirinas. Lo de tener botiquín es novedad, no creas, nos lo sugirieron en la clínica móvil que empezó a venir hace unos meses. Ya sabes, caridad de los hipócritas gringos. Ay, qué malagradecida soy, si así fue como yo me pesqué a mi doctora, bien fina yo. La extraño mucho, bendita sea porque no solo me cambió de hormonas sino que cuidó de mí en todo sentido, me daba seguimiento personalizado, chula. No era de esas que a lo suyo, no, no, no, ella se tomaba su tiempo con cada paciente, te preguntaba cómo estás y te ponía atención. La doc se reía de mis pendejadas, se preocupaba por mi salud mental, física y emocional. Yo le decía doctora Rainbow Brite, ¿te acuerdas de esas muñec…? Ay, no, seguro no son de tu época. Se llamaba Gris Méndez, todos le decían Dra. Méndez pero yo le empecé a llamar por su primer nombre, Dra. Gris. Le dije un día: Usted es tan chula, tan amable, tan brillante, el gris no le hace justicia, así que doctora Rainbow Brite it is. Ojalá volviera. Es muy amable, inspira confianza de inmediato, yo sentía que la conocía de toda la vida. Chingado, de veras la extraño. Me caía tan bien. Esos de la clínica móvil gringa sacaron lo que querían y se fueron. Dicen que ahora están trabajando en el basurero. No, no, claro que no son pepenadores, seguro están estudiando a los de ahí, nomás usándolos de conejillos de Indias, investigándolos para comprobar que, en efecto, a esta ciudad se la está llevando la chingada. Porque te digo, aunque en el barrio estamos bien, a la ciudad se la está llevando la chingada. Basta que camines por las calles y veas el montón de cruces por todos lados o los carteles con rostros de muchachas que han desaparecido. Tú nomás ve al centro y ve los edificios, tiros en las paredes, ventanas rajadas o enrejados hasta las nalgas o vacíos. O la gente, ¿te has dado cuenta cómo la gente camina viendo a todos lados agarrando bien fuerte el morral? Miedo, la gente tiene miedo.

¿Nos echamos la última?

Oye, ¿cómo me dijiste que te llamabas? Ah, es cierto. Está lindo, muy lindo, pero ¿te soy sincera? No te va a funcionar aquí, está como muy largo. Dame unos días y pienso en uno, yo soy aquí la que las bautiza a todas. Más que madrota soy madrinota. Javieeeer, otros dos de lo mismo, plis.

25

Los cigarros te quitan el mal sabor, te ponen de buenas, te relajan, no sé. Son bien ricos. Fue lo mejor que me pasó cuando llegué aquí, empezar a fumar. Ya sé que hacen daño pero puta qué sabroso es fumar cuando hace mucho calor o mucho frío.

¿Mi casa? Pos vamos si quiere, pero no sé para qué, ni tengo nada. Bueno, sí, tengo dos refris. De veras. Dos. Es que a cada rato el basurero se vuelve la preocupación de alguien y acá los ves todo el tiempo. La gente de los partidos, por ejemplo, vienen porque están en campaña y quieren votos. Reparten ropa, colchones, pantuflas. Una vez trajeron pantuflas de esas peluditas, y ya se acercaba el verano, o sea, como pa qué. Es bien común que traigan cosas que ni podemos usar. Así fue que trajeron los refris. Nosotros ni teníamos luz, entonces. Sí, refris, de esos chiquititos, ¿qué íbamos a hacer con ellos? Qué pendejos son, de veras. Nos reímos la Bonita, la Chela y yo. Sí, la Chela es a la que le dices buenos días y te cuenta todo lo que hizo en el día, a la que le saca usted la vuelta, doc, no se haga. El caso es que Gustavito, ese el del pelo chino, dijo: Amá, amá, hay que hacerla caja fuerte. Más risa nos dio. Pero la Bonita dijo: Pos caja fuerte pa qué queremos, pero los hacemos clósets, total y qué. Así que por mucho tiempo mi ropa o mis latas las guardé ahí, en esos refris. Ahora uno sí está conectado y el otro, como nunca sirvió, sigue siendo mi almacén.

Sí, a la Chela y sus hijos yo me los traje para acá a trabajar, pero al principio no me llevaba mucho con ella. Es por la Bonita que me llevo más con todos. La Bonita es bien sociable, conoce a todo mundo por aquí y por otros barrios como el Azteca, el Pirul, hasta en la Industrial conoce gente. Es que es puta. No, ¿cuál insulto? Esa es su profesión.

Yo antes pues nomás hablaba con don Chepe y ya. No me llevaba yo con nadie, más que con mis perros. Pero cuando conocí a la Bonita todo eso cambió porque la Bonita es bien amiguera, la Bonita hasta con las piedras habla. Menos con don Chepe, con él sí que no habla. Es más, no le gusta que yo me lleve con él. Le digo que es una relación de trabajo y me dice que con un jefe como don Chepe hay que tener cuidado. Ella no ve las cosas como yo.

Por ejemplo, si ya tenemos electricidad es porque don Chepe nos organizó a todos, nos dijo que si poníamos un poquito de lo que sacábamos en el tianguis o de nuestros guardaditos, podíamos comprar los postes, los cables, tener eso, la luz. Y así lo hicimos. Luego un diputado, que quién sabe cómo se enteró que estábamos juntando para la electricidad, bueno, pues nos dio lo que nos faltaba, para lucirse, claro. Vino a tomarse la foto y toda la cosa. Esa fue mi primera vez en el periódico, yo parada al lado del diputado que me tenía por el hombro, por ahí guardó la foto la Bonita. Pal recuerdo, Aliii, me dijo, mírate, eres la líder sindical de la basura. Nadie, más que la Bonita, me dice Aliii. Así, con muchas *i*, lo dice como cantadito. Don Chepe me dice Peluda. La Chela y sus hijos me dicen Alicia, Alicita o Licha. Me gusta que la Bonita me diga Aliii.

En la foto estoy parada entre don Chepe y el diputado, atrás de nosotros está otra gente que vive aquí y los fulanos que ahora andan de arriba abajo con don Chepe, regalo del diputado, dice él de broma, pero yo no creo que sea broma porque ese diputado y todos los diputados siempre hacen regalos bien raros. La Bonita dice que ella conoce a ese diputado, de mi glamorosa otra vida, Aliii, y no es de fiar, ese tipo no es de fiar. Y la Bonita: De veras, Aliii, yo sé lo que te digo, don Chepe no me caerá bien, pero no le tengo miedo. En cambio, al diputado ese, a ese sí hay que tenerle miedo, mucho miedo. Si yo te contara lo que vi. Pues cuéntame, le decía yo, pero la Bonita no, chitón.

La Bonita a cada rato agarra y me dice, júrame que si un día ese par te mete en sus cosas y las cosas se ponen feas te vas a ir de aquí. Yo le digo a la Bonita que nada malo va a pasar, es que tú no sabes, me dice. Además, a dónde me voy a ir, este es mi hogar. Hogar es a donde uno va, hogar es uno, es su frase favorita.

Mira, Aliii, me dice, si una vez se te atora algo te me vas a la lonchería esa, la que está a la entrada del Azteca, se llama Trópico de Cáncer, la de la rocola afuera, tú te vas ahí y preguntas por Reyna o por Javier y les dices que yo te mandé. Nunca he ido y espero no tener que ir porque, la verdad, a mí me sacan del basurero y no me hallo. Pura preocupación la Bonita, yo le pregunto: ¿Qué me va a pasar? Pero la Bonita dale que dale que ya ahora sí en serio es mejor que no me junte con don Chepe pero yo ni le hago caso.

Capaz que tiene razón la Bonita. Porque unos días después de la foto esa que le digo, uno de esos batos se me acercó. Sí, uno de los guardias que el diputado dejó para cuidar de don Chepe. El bato empezó a sacarme plática que si cómo me llamaba, que si qué chula, que si qué güerita. Yo no le hice caso, seguí en lo mío. Pero por qué no me contestas, güerita, por qué tan así, que nadie le enseñó modales. Yo seguí en lo mío. Pinche escuincla mamona, me dijo y luego se fue.

Por la noche volvió, venía borracho, drogado o nomás más pendejo que en la mañana y se metió aquí y tiene suerte que estaba yo muy dormida y no lo oí entrar porque solo le di un arañazo con la navaja, pero si hubiera estado yo en mis cinco sentidos, lo rebano al cabrón, le rebano la panza y la verga y todo porque a mí nadie me toca, a mí nadie me pone la mano encima. Nomás un besito, me dijo mientras se iba lamiéndose las heridas el muy puto. Ni le conté a la Bonita, pa qué, nomás se iba a preocupar, si ese cabrón se vuelve a meter conmigo le va a ir mucho peor.

No, ¿cuál miedo? Yo nunca le saco a las peleas, porque si lo haces, entonces los demás ya no te ven igual, te pierden el respeto y todo. Tienes que cagarte a golpes con el que se te ponga enfrente haciéndotela de tos para sembrarles miedo.

¿A qué le tengo miedo? A nada. No le tengo miedo a nada.

26

Las entrevistas con Alicia se salen de tema constantemente. A Henry le preocupa: This is not journalism, ask what needs to be asked. No entiende que se trata de sembrar confianza, se trata de asumir que en ocasiones es necesario un proceso más orgánico para que la información surja. Si tengo que hablar con ella de libros, de canciones, o de perros, lo hago. Son sus intereses y, en cierto modo, la formaron. Si la interrumpo o le obligo a seguir una estructura, pierde interés y se va:

—Qué hueva me das, doctora. Ahí te ves.

Así es con Alicia, un día tenemos toda su atención y otro día le aburrimos. Le aburro. Me gustaría tener el tiempo entero para releer mis notas y escuchar todas las entrevistas con ella. Pero las cosas con la tía van de mal en peor. Cuando descubrió que no podía abrir las puertas con las nuevas chapas nos reclamó: ¿Y cómo voy a ir a trabajar? Magda le sugirió hacerlo en casa, así que hizo del comedor su oficina. Este flashback lo conozco, de niñas la veíamos con frecuencia ahí, trabajando por horas.

En estos nuevos episodios, los mood swings han disminuido, tía Mayela está tan entregada al trabajo que no pasa de una emoción a otra. Digamos que está en un estrés permanente por todo lo que tiene que hacer. A ratos nos convierte a mí y a Magda en sus secretarias y no queda otro remedio que obedecerla.

Magda es más eficiente que yo, mi tía le ha prometido un incremento a su salario y con frecuencia le pregunta si no le interesa ser su paralegal: Aunque para eso hay que trabajar mucho, niña. A mí me dice que no sé ni fotocopiar y habla mal de mí con Magda y con Norma. La tía tiene razón, soy un poco inútil, la verdad. Me confundo un poco cuando pide estados de cuenta, o cuando le tomo el dictado. Magda es buena localizando clientes por teléfono, sirviéndole el café y recordándole su agenda para el día siguiente. Cuando es posible, hago como que trabajo en lo que me pide y me pongo a lo mío, pero es difícil concentrarse. Siempre hay alguna emergencia en esta oficina. Cuando mi teléfono suena, se enoja.

—Este no es lugar para llamadas personales.

—Licenciada, es una llamada del contador. Yo se lo pedí.

No sé cómo le hace Magda, siempre logra que la tía Mayela se quede más tranquila. Tres empleos, ahora tengo tres empleos. El proyecto, la tía y esta oficina.

Cuando mi hermana viene a casa no tiene que actuar en este pequeño teatro, Norma es Norma: la mano derecha del despacho. Se sienta con ella a estudiar papeles con el rigor de antes. A veces la cara se le desdibuja, me pregunto si es porque no reconoce nada de lo que ve, las letras se convierten en algo más, insectos que caminan por el papel, y es incapaz de alcanzar en un significado.

—¿Habías tenido paciente más exigente que mi tía? —le pregunta Norma a Magda.

—Todos los pacientes son exigentes a su modo, es cuestión de entender cuáles son las reglas de su juego antes de pisar sus tableros.

—Pues yo insisto en que es hora de llevarla al asilo, ayúdame a convencer a Gris.

Magda me mira, me ha dicho ya que de ese tema ella no puede opinar. Que la decisión es de nosotras, sus sobrinas.

—No está lista, Norma.

—¿No será que tú no estás lista?

Ignoro la pregunta de mi hermana y le digo que la próxima semana tendré vacaciones y que estaré cien por ciento con la tía.

—Magda, aprovecha para tomar un descanso. Te pagaremos, por supuesto.

La tía nos interrumpe, le exige la lista de invitados para la recepción de Navidad a Magda, quien dice:

—No puedo tomar vacaciones, debo organizar la recepción de Navidad.

—Y la de Año Nuevo, digo yo.

Mi hermana, un tanto desesperada, critica una vez más nuestro teatrito. Le digo que no se trata de entenderlo, pero mi hermana sin prestarme atención se regresa al lado de la tía, a revisar casos.

Magda le trae su almuerzo a la una en punto, un minuto más y seguro la corre. El menú es el mismo todos los días: un sándwich de queso fresco con unas rebanaditas de aguacate. Se lo come siempre gustosa, como si fuera la primera vez que probara algo así.

—Este queso era el favorito de tu mamá.

Tardo en comprender lo que ocurre. La tía ha vuelto a ser la tía.

—Sé que nunca hablamos mucho de ella o de mí. Deberías grabarme, como lo haces con la gente del basurero, mientras te cuento mis recuerdos. El tiempo se agota.

No sé si lo dice en serio o lo dice en broma. No sé si debo ir por la grabadora. Miro a Magda, que está tan desconcertada como yo. Desconcertada. Desde que inició todo esto con la tía he comenzado a experimentar emociones que no creo haber sentido antes: temor, incertidumbre. Alegría. Pero es una alegría extraña. Más parecida a la ansiedad.

—¿Se mandó ya el fax? Urge que esté en la corte.

Tardo otra vez unos minutos en darme cuenta. Me vuelve a exigir el fax y le digo que sí, que se mandó. Me pide que se lo muestre: El fax, quiero ver el fax, me exige. Magda llega detrás de mí con un papel.

—Sí, licenciada, se envió. Aquí está la confirmación.

—Vaya que tú eres eficiente.

— ¿Necesita algo más?

—Sí, ¿Raymundo sigue sin reportarse?

No es la primera vez que pregunta por él, pero el nombre no me suena familiar. Debería hacer una lista de los nombres que menciona cuando está en sus episodios. Hacer una cronología de situaciones y eventos, llevar un registro meticuloso.

—Bueno, si llama o vuelve hay que decirle que ya no lo queremos aquí.

Magda dice que el tal Raymundo seguro fue algún novio. Yo le digo que más bien un empleado que metió la pata catastróficamente.

—Como tú, a diario.

Magda se ríe. La beso sin que la tía se dé cuenta. Eso en sí mismo tiene su placer. La timidez del inicio se ha ido, el deseo va en aumento.

Por la noche le cuento a Magda que de jovencitas la tía y la abuela se habían jurado estudiar juntas acá en El Paso. Luego comprarse una casa, viajar mucho, hacer dólares.

—Mi mamá se casó, dejó los estudios y nos tuvo a Norma y a mí. La tía, en cambio, se concentró en estudiar, trabajar.

—¿Y cuando las adoptó?

—Trabajar, trabajar, una gota de descanso y luego trabajar, trabajar.

—Igual que tú.

27

Ya debes saberlo, en este negocio, cliente o no, siempre hay que estar alertas, nunca se sabe cuándo puede venir alguna esposa celosa o alguna patrulla a hacerla de pedo. Tampoco faltan una que otra vendetta hacia alguno de nuestros clientes. No me voy a cansar de decirlo: En el barrio estamos bien, pero vivimos tiempos peligrosos. No creas, a veces me dan unas ganas de dejarlo todo y ya largarme a Ecatepec con mis ahorritos y no sé, sondear el lugar y poner un negocito por allá, porque no es como que del taloneo me voy a retirar y la sociedad me otorgará una pensión. Una tiene que pensar en su futuro y yo a cada rato pienso en el mío. Pero eso sí, chula, para tener futuro hay que estar bien buza en el presente, así que tú alerta. Aprende a defenderte, a esconderte, a cuidar de ti cuando estés sola en el mero momento. Yo, pues claro que te protejo y el Javier y todas las chicas aquí: la Rusa, la Serena, la Tijeras, bueno, hasta la Modosita que aunque no talonea sigue siendo de la familia. Pero hay momentos de mera emergencia en que nomás te vas a tener a ti. Aunque yo las cuido a todas y me aseguro de quién levanta a mis muchachas, pues una nunca sabe. Los ves muy bañados, peinados y perfumados, con carita de no rompo un plato y de todos modos resulta que son unos hijos de su putísima madre y de su putísimo padre. Yo, mira, pongo la mano así y con esta parte dura, esta entre la muñeca y la palma, doy un golpazo hacia arriba justo en la nariz. Así, con todas tus ganas, no los matas, pero los dejarás apendejados y sangrantes. Los hombres no pueden ver sangre sin hacer un drama, ¿eh? Se asustan o se encabronan más, pero para entonces tú asegúrate de estar de patitas en la calle.

Ahora, y perdona que te lo diga tan de golpe, pero vale más que se te quite lo buena gente porque puedes ser vista como pendeja. Sí, eres buena gente, me di cuenta cuando llegamos con el Javier, me di cuenta cuando pediste lo mismo que yo, me di cuenta de que no me interrumpías a pesar de que yo te preguntaba algo y no te dejaba ni contestar. Me di cuenta por tus consejos, por tus palabras, que ay, yo de corazón las agradezco, chula, pero hay que cuidarse. Eso es de buena gente rayando en pendeja, pues. Pero no te preocupes, lo pendeja se te quita o te lo quitan. Pero es mejor que te lo quites tú sola. ¿Cómo que qué pasa si no te lo quitas? Uy, chula, ¿no dices que ya tienes experiencia en el negocio? Pues estuviste muy poquito. Entonces sí que es importante que te quites lo pendeja o te llevan al baile y olvídate de tu esquina y ya te dije, tu esquina es lo más importante, ¿cómo que no te lo había dicho? Ah, faltaba más, pues te lo digo ahora: Tu esquina es lo más importante. Nadie más tiene derecho a usarla, y es que nunca de los nuncas falta alguna pendeja que se hace la que no sabe o sabe que tú no sabes. Ponte pero bien trucha. Tienes que marcar tu territorio, tu esquina es tu territorio y si no la defiendes, no sirves para esto, chingada madre.

Ay, ya me pusiste de malas, tan a gusto que platicamos toda la tarde. Dime y mírame a los ojos para contestarme, ¿estás segura de que quieres trabajar en esto?

28

Tengo la manía de hablar sola, en voz alta. Yo creo que eso te pasa después de tanto vivir aquí. A veces es más fácil hablar sola que hablar con alguien. Con la doctora nomás hablo porque ya me da cigarros pero la neta me cae gorda. Yo hablo sola siempre, a menos que la Bonita ande por aquí, entonces ya ni hablo porque a la Bonita lo que le gusta es ser escuchada y está bien, a mí me gusta escucharla, me hace mucho reír. Pero la Bonita últimamente se desaparece por días. Va y viene. Y cuando viene está tan cruda que se la pasa dormida por días, no queda más que hablar sola.

Yo hablo sola o hablo con los perros. Dos caminan delante de mí y los otros dos atrás, le digo a uno: Mira, perro, no te quedes atrás, o: Perro, ya pisaste tu propia cagada. Y el perro me mira como yo qué, yo no pisé nada. Me dan una risa las pendejadas que hacen los perros, casi tanto como las pendejadas que cuenta la Bonita.

Hoy, mientras caminaba con los perros, me encontré una cadena. No tenía candado, ni siquiera es lo suficientemente larga para amarrar algo con ella, solo unos cuantos eslabones, pero la cadena bien doblada, bien usada, la cadena, bien agarrada, puede ser la diferencia entre estar a salvo y no. La voy a guardar bajo la almohada o en la cangurera, la voy a cargar todos los días y a todos lados, porque tal y como repite la Bonita, desde que el diputado tiene sus negocios con don Chepe las cosas aquí comienzan a ponerse feas.

Antes, oías un carro en la noche tres, cuatro veces al año, cuando mucho. Ahora se oyen una noche sí y otra no, a veces hasta dos por noche. Yo los oigo abrir la cajuela, escupir, patear, insultar y luego marcharse. Se queda ahí un bulto que se queja bajito, bajito hasta que no se oye nada. O bien luego los oyes moverse en cámara lenta, caminar a rastras, desaparecer.

También hay veces que ni patadas ni insultos, un pistolazo o dos y luego el rechinido de sus llantas. A veces me pregunto si lo que yo veo y oigo de veras pasa o es solo mi imaginación porque al otro día todos a lo suyo como si nada, como si no hubiera pasado.

Una vez, muy al principio, le pregunté a don Chepe: ¿Oyó anoche los disparos? Y don Chepe me dijo: Usted, Alicita, mejor a lo suyo, nada de parar oreja. Y nada, me dijo don Chepe con el dedo índice casi rozándome la nariz, nada de andar chismorreando. Lo que pasa en el basurero se queda en el basurero.

Así que mejor traer la cadena. Mejor salir con los cuatro perros y andarse con cuidado porque aquí cada día es una sorpresa, ahora ya no sabes si será día de encontrar tesoros o mierdas. Porque aquí se tira lo que nadie quiere.

29

Un par de colegas me advirtieron sobre el deterioro cognitivo. Las habilidades motrices del paciente se van deteriorando, su vocabulario se reduce a unas cuantas palabras y hay una pérdida progresiva de su capacidad para comprender, asearse, hasta para sonreír. Yo era consciente de que esos síntomas determinarían su tiempo en casa, y hoy me he dado cuenta de que la tía, aunque necesita ayuda para muchas cosas, no está ahí aún. El lenguaje lo tiene. Los recuerdos, los que Norma y yo conocíamos, van desapareciendo poco a poco; al irse, le han dado lugar a una memoria que nos es ajena y que no logramos procesar. No caben las comparaciones, lo sé, pero no dejo de pensar en cómo funciona la memoria de Alicia: sus recuerdos son inmediatos, detallados, hay incluso una estructura y un tono particular para narrar lo propio o lo ajeno.

El primer indicio fue que desconoció a Norma y que yo volví a ser su hermana. Pasó un par de días así y no nos llamó la atención. Creímos que la tía había saltado a otro episodio de su vida y ya. Días después se quejó de un dolor en el vientre, la revisé y no noté nada extraño. ¿Será que se acerca la hora?, me preguntó, y como el tiempo es uno de sus temas recurrentes no le presté atención. Pero esta mañana, mientras se comía su avena y comentábamos el baby shower para mi hermana, de pronto, comenzó a quejarse.

—Me duele —decía—, me duele mucho.

Le pregunté si otra vez era el estómago, la tía me tomó de la mano y la puso en su vientre.

—¿Lo sientes? Es hora, Griselda, es hora.

Me confunde con mi mamá, pensé, otra vez soy mi mamá.

—Llámale a la Chata de inmediato.

La tía se dejó caer el suelo, como si la doblara un dolor. Tanto Magda y yo la miramos extrañadas. No sabíamos de quién hablaba y qué estaba pasando por su mente. ¿Hora de qué?

La tía nos rogó que le llamáramos a la Chata. No importó cuántas veces Magda le dijo que no estaba, ella insistía una y otra vez. Las manos apretando su vientre: la Chata, llámale a la Chata. La llevamos a la sala, la obligamos casi a recostarse. Me puse en cuclillas para revisarla con calma. Le levanté la blusa y ausculté su estómago.

—Necesito que respires.

—Te digo que le llames a la Chata.

—Quieta, si no, no podemos ayudarte.

—¿Ayudarme a qué? ¿A parir, tú me vas a ayudar a parir? No. La Chata, ella ya sabe lo que hay que hacer.

La tía me empujó, caí en el piso y ella dejó el sillón. Se puso a dar vueltas en la sala. La distancia entre nosotras era enorme. Yo no podía comprender sus palabras.

—No me mires así, Griselda. Tú sabes que no puedo quedarme con este bebé.

—¿Bebé?

—Una contracción, viene una contracción, no te quedes ahí, Griselda, dame la mano.

—Siéntate aquí, Mayela, yo te doy la mano —le dijo Magda.

—No me mires así. No les voy a dar este bebé a ustedes, por más que insistan. Hay que deshacerse de él.

La tía comenzó a quejarse de nuevo. Yo no sabía si el dolor era real o también parte de esa memoria. Revisé su vientre una vez más y descubrí la causa.

—Es tu apéndice, está inflamado.

Lo siguiente ocurrió a gran velocidad: teléfono, ambulancia, hospital, quirófano. Al cuerpo de la tía le sacaron el apéndice, a su mente, un bebé.

Magda y yo repasamos toda la información. Le cuento otros detalles de la ascética vida de la tía y es como si tanto oyente y hablante trataran de procesar la información.

—¿De quién era el bebé?

—La pregunta correcta es quién era ese bebé.

TRES

30

Esta será tu esquina. Nadie tiene derecho a ella más que tú. Ponte lista, ponte muuuuy lista porque nunca falta alguna pinche abusona que trata de robarle la esquina a las nuevas. No hay muchas, en realidad. El oficio ha ido desapareciendo en el último año, como las mujeres. Un día están, otro no. Un día las ves, convives con ellas, les invitas un trago y pasa un día, otro y otro y no las vuelves a ver. Pero, igual, nunca faltará alguna desbalagada que se quiera apropiar de tu esquina, alguna que se ha sacado de la cabeza que la pobreza es más digna y viene aquí a trabajar y a sacar para comer. Y apréndetelo bien, una mujer con hambre es un hueso duro de roer, así que tú bien lista. Velo de este modo, si no la defiendes nadie más lo hará por ti, chiquitita. Así te voy a llamar, Chiquitita. Como la canción de ABBA, ¿la recuerdas? Ay, qué vas a recordar si seguro naciste hace como diez minutos, ¿no? Te ves bien chiquitita. «Chiquitita, dime por qué…», así decía la canción, a lo mejor la has oído alguna vez en la radio. Es muy bonita, yo la oigo y me dan ganas de llorar porque me recuerda a… Oye, dime que tienes papeles que aseguren que eres mayor de edad. Porque si no, nos va a cargar la chingada a todas. Últimamente las autoridades están más perras y mejor no darles pretexto. Yo no entiendo de veras, hay tantas otras cosas que necesitan atención urgente. Pero en lugar de eso, ¿qué hacen estos hijos de su pinche madre? Venir a jodernos la vida a nosotras. Por las dudas siempre trae tu credencial de elector para... ¿No tienes? Pues algo, lo que sea que certifique que eres legalmente adulta porque te ves tan joven que de seguro... A ver eso, no pues mejor luego te llevo yo a que te saquen tu credencial porque ese papelito está que se rompe en pedacitos.

Viéndote bien, te ves chica y grande al mismo tiempo. Tienes la mirada dura, profunda. Ojos de perra vieja. Tienes la piel gastada, o sea, no tienes arrugas, pero como si las tuvieras. No está mal eso, seguro eso atrae la clientela. Mira nomás cómo tienes los nudillos, ¿te peleaste o qué? Shh, shh, shh. No, no, ni me expliques. Al menos ya sé que sabes defenderte y si sabes defenderte, sabes trabajar porque aquí la que no trabaja, no come. Oye, pero mira cómo te quedaron, voy a ponerte sábila. La sábila hace magia, lo cura todo, lo cicatriza todo, lo abrillanta todo. Mi nana la usaba todo el tiempo. Pero primero vamos a limpiarte con, ay, chamaca, no te me alebrestes, nomás es para curarte esas heridas, no se te vayan a infectar. Mírate, estás que muerdes. De veras, eres perra vieja que sabe cuidarse. Se me hace que de todas las nuevas que han pasado por aquí tú eres la única que sabrá defender su esquina. Ven, siéntate aquí. Que te sientes, te digo. Ay, pero qué reja. A ti no te bailan fácil, se ve, pero más te vale que con los clientes sí bailes al ritmo que te toquen. Hey, no te voy a pegar, nomás quiero verte de más cerquita. Tranquila, niña, tranquila. A ver, acércate. El cutis de veras lo tienes pa la chingada, pero tienes un rostro, ay, no sé, de veras intrigante, como de chavita y como de mujer que lo sabe todo. Y estás bonita, ¿eh? Muy bonita, esos ojazos atrapan a cualquiera, nomás hay que hacer algo con tu look. Pues la greña esa, la piel, todo lo que está a la vista, chiquita. Perdóname que te lo diga pero vas a necesitar otro bañito, sí, ya sé que ya te bañaste. Cuando abrí la puerta y te vi, pensé que venías a pedir limosna, ja, ja. Es broma, es broma. Ya sé que ni te dejé hablar, pero con ese olor que te cargabas era imposible, Chiquitita.

¿Tú qué? No, espera, estoy hablando.

A ver, enséñame ese papel otra vez, ¿cuántos años tienes? Porque te veo muy chamaquita. Ah, pues sí, eres más que legal, pero qué tragaaños, te ves como de trece. Ya nos han llegado así como tú, pequeñas, pero no de edad, de tamaño. Flaquitas como tú. Chiquititas que vienen a hacer lana para luego irse al otro lado. Ilusas, como si cruzar pal otro lado sea enchílame otra. Oye, vas a decir que qué necia soy, de veras que tienes la mirada de alguien que ha vivido mucho y de todo. Has de ser una reencarnación. ¿Crees en reencarnaciones? Yo sí. A mí ya no me venden ese cuento de que uno se muere y ya. No, no, no. Hay mucho que hacer en este mundo, seguro la gente se muere y regresa a seguirle dando, nomás que en otra forma. A últimas me ha dado por pensar qué era yo antes y qué voy a ser después. No sé por qué, pero como que los años la vuelven a una más existencialista. A lo mejor también es que en los últimos años me he abierto más a todas las posibilidades del mundo. Como esa, de que todos reencarnamos. Pero no me veas así, ya llegarás a mi edad y pensarás lo mismo. Te lo digo en serio, Chiquitita, tú has estado en este mundo más de una vez. Tus ojos te delatan, tus ojos cuentan historias, tus ojos dan razón de otras vidas, te lo juro. Es más, tus ojos me hacen verme a mí mis otras vidas, oye, ¿no serás bruja?, ¿hechicera?, ¿un oráculo? Te veo y veo otro momento de mi vida, te veo y veo… Ay, no me hagas caso, son cosas muy mías, será porque me leí el tarot hace poco y todo se me volteó. Fíjate si no habré cambiado, antes pensaba que el tarot eran puras pendejadas: que si hay dinero en tu camino, que si tienes que vender tu carro porque está maldito, que si el amor de tu vida ya lo tuviste y lo dejaste ir… pero esta vez las cartas me hicieron cuestionarlo todo. ¿Quieres que te diga lo que me dijeron? Me dijeron que mi familia está más cerca que nunca, y primero pensé en esta, mi familia que he construido con las chicas, porque aquí todas somos familia, ¿eh? Pero luego pensé que seguro no se trataba de esta familia, sino la de sangre. Me dije, ¿y qué tal que mis hermanas están pensando en regresarse a Juárez? Nooombre, como están las cosas aquí y luego ellas siendo mujeres, qué peligroso. Mis hermanas son lo único que tengo después de que mi nana y mi amá murieron. Una vive en el otro lado y otra en Ecatepec. Pero les pregunté y ninguna de las dos tiene planes de volver. Le estuve dando vueltas, por un momento pensé que a lo mejor era yo la que tenía que estar cerca de mi familia, capaz que eso es lo que las cartas querían decirme. A lo mejor va siendo hora de irse. Mira, te soy sincera, yo a todas las muchachas aquí las quiero mucho, pero la sangre es la sangre, ¿no crees? Y pensar en tener a mis hermanas, pues, me movió la tierra. Y pos es que al final, cuando deje este oficio, cuando me retire, pues sí me gustaría ser parte de una familia, la soledad puede ser muy cabrona. Y bueno, en eso estaba yo cuando me cae el veinte, la que está cerca es mi otra familia, la que no me decidí a tener, ay, mija me dio culo pensar en eso, no pienso en otra cosa, lo juro. ¿Y tú tienes familia? Pos no, claro, si tuvieras familia no estarías aquí. ¿Don Chepe? No sé de qué me hablas. Oye, ¿te has leído el tarot alguna vez? Ay, qué pregunta, si eres amiga de la Bonita seguro que ella misma te arrastró con la doñita esa con la que ella va, la que apesta más que tú. ¿Cómo que no? Ay, no lo creo, la Bonita, oye, ¿y sigue taloneando? ¿Dónde la conociste? Oye, pero ahora que me acuerdo, no me has dicho nada, ni tu nombre, yo estoy aquí hable y hable y tú… ¿Así eres siempre de callada? A las calladas no les va muy bien aquí, ¿eh? Se necesita verbo para atraer a los clientes; bueno, verbo y cuerpo. Párate y déjame ver el tuyo.

Que te pares, te digo. Si no sabes seguir órdenes a lo mejor esto no es lo tuyo, Chiquitita, no te creas que nomás porque la Bonita te recomendó y porque ya te bañé, te vestí y estás bonita te quedas. Ninguna recomendada tiene nada garantizado aquí. Considera esta una entrevista de trabajo en la cual me tienes que convencer de darte el puesto de puta.

¿Cómo no? No entiendo, ¿a qué viniste entonces? A ver, a ver, barajéamela más despacio que no te sigo el rollo. Primero no hablabas ni madres y ahora estás hablando muy rápido.

A ver, con calma, vuelve a empezar, ¿cómo que vienes de la basura?

31

Me llamo Alicia y no vengo a ser puta.

Yo no quiero ser puta.

Yo vengo porque la Bonita me dijo que tú me podías ayudar.

Yo vengo de la basura.

Sí, por eso olía así.

Sí, por eso me veía así.

Sí, en la basura basura.

El basurero municipal, pues.

No, ¿cuál pobrecita? Si yo vivía reteagusto ahí.

Tenía mi casa.

Tenía mi trabajo.

Tenía mis perros.

Tenía mi vida bien organizada.

Es más, hasta se la organizaba a otros. O más bien, a otras. Yo junté a unas mujeres y las convencí de pepenar solo PET.

¿Tú sabes lo que son los PET?

Lo que ellas juntaban yo se los vendía a alguien de una empresa. Y luego les daba el dinero a las mujeres y agarraba mi comisión. Todas trabajaban, ellas sabían que si se ponían de huevonas yo les partía su madre. Así es allá, o trabajas o te parten la madre. Así. Así como dices tú con la esquina. El que no trabaja, no come.

A huevo, juntar la basura es trabajar.

Alicia, te digo que me llamo Alicia. No Chiquitita.

O bueno, no. Mi nombre, como ves en este papel, es otro. Cuando me quedé sola decidí cambiármelo. Sí, Alicia está bonito, más bonito que Chiquitita. Así que no me digas Chiquitita, para esto tengo mi nombre.

Alicia era mi personaje favorito cuando niña. A mí me gusta leer mucho, leo lo que me encuentro, lo que me dan, lo que venden luego en las segundas. Alicia, la del país de las maravillas. ¿No la conoces? Es la historia de la niña que por seguir un conejo con un reloj y… ajá, se tira por un agujero y en el agujero encuentra otro mundo, uno maravilloso.

No. Como yo, no. Yo no andaba persiguiendo conejos con reloj ni nada de eso. Ah, bueno, eso sí, yo también caí en un agujero. En el agujero de la basura.

Es por ayudar a don Chepe que terminé aquí. Yo lo que sé lo aprendí de don Chepe. Cuando él me conoció yo no recogía PET ni nada así, yo recogía metales. Don Chepe me dijo: Nadie agarra metales más que tú, los metales son preciosos, los metales son dinero, tú sí que eres lista. Pero los metales no son tuyos, son míos, todo esto es mío, así que me tienes que dar comisión. Te conviene, me dijo, yo te voy a conseguir más compradores. Y tú me vas a conseguir más como tú, que trabajen para mí. Y así yo juntaba metales con otros batos y las mujeres juntaban PET. Y todos pagando comisión.

Sí, don Chepe es un hijo de la chingada, bueno, era.

Es por don Chepe que terminé aquí.

Don Chepe la cagoteó. Bien pendejo. ¿Qué? No, pues yo no sé si todos los hombres son bien pendejos, yo solo sé que don Chepe fue bien pendejo y se metió en broncas y luego de remate me metió en broncas a mí. Broncas bien gruesas. Yo soy buena para las peleas, pero no era uno, eran varios y nomás alcancé a dar unos putazos, sí, con los puños, y como pude, me escapé.

Corrí y corrí y corrí.

Primero no sabía a dónde irme, pero luego me acordé de ti.

La Bonita ya me había hablado de ti, la Bonita ya me había dicho una vez, hace mucho, cuando me agarró confianza, cuando nos hicimos amigas, que si un día me metía en alguna pendejada, buscara a la Reyna Grande. ¿Enojada? Pues no creo, si estuviera enojada contigo no me hubiera mandado contigo.

No, yo no sé en qué me puedes ayudar, yo solo sé que si me dejas vivir aquí yo busco la manera de pagarte. Pero de puta, no. Ya vi que aquí todas son putas. No, si no las insulto, pero eso son, qué, ¿no? Está bueno, ya no les voy a decir así. Oye, pero ¿a poco no tienes otra chamba para mí que no sea de puta? Seguro que sí, seguro que tienes, lo que tú me digas que haga, yo lo hago. Palabra. Soy muy fuerte y muy chambeadora. Allá en la basura todos me respetan o me tienen miedo, no sé, pero nadie se mete conmigo fácilmente.

O nadie se metía conmigo.

Pero eso no fue mi culpa, ya te dije.

Nomás te pido que me escondas. Aunque sea unos días. Puedo dormir en el suelo, puedo comer sobras.

Ora que si no quieres… ni pedo.

Ah, pues como nomás te quedas ahí lela mirándome yo pensé que… ¿Conocernos? No creo. Me acordaría. A mí no se me olvidan las caras, tengo buena memoria ¿Que te recuerdo a alguien? Pos sepa, yo a ti no te conozco.

Y no, no tengo nadie más con quien ir.

No, de veras. Ni papá, ni mamá, ni nadie, tenía perros, pero ya ni eso.

Entonces, ¿me puedo quedar o qué?

Pues de tener, sí tengo hambre. Mucha hambre.

32

Mi hermana tenía razón. Debí escucharla y no permitir que la vida se fuera convirtiendo en una obra teatral. No estaríamos frente a este desenlace tan extraño. Retorcido, incluso. Si hubiéramos mandado a la tía al asilo, a alguien más le hubiera tocado hacer el papel de mi madre o de la Chata, alguien más hubiera acunado a esa bebé invisible que la tía quiere lejos.

Cuando abrió los ojos después de la anestesia, tía Mayela estuvo largo rato sin hablar. De pronto, me miró y sonrió. Me reconoció, sé que por al menos unos segundos me reconoció. Me acerqué para tomarla de la mano y nos quedamos así un rato. Hace unos veinte años estábamos igual, pero al revés. A mí me habían sacado el apéndice y ella me cuidaba. Se lo recordé, con la esperanza de que me interrumpiera y ella misma reconstruyera la escena, pero comenzó a agitarse, quiso incorporarse, y obviamente el dolor la detuvo.

—Tranquila, acabas de salir del quirófano —le dije.

La tía hizo un bulto con una sábana y me ordenó lo que venía repitiendo desde que comenzó este episodio.

—Dale este bebé a la Chata. Llévatelo, no quiero ni verlo.

Los gritos llamaron la atención de las enfermeras, que de inmediato pensaron que era yo la que había provocado su conmoción. Me salí, como idiota, cargando a esa criatura en los brazos.

No sé cuánto llevo aquí en esta sala de espera, apretando estas sábanas, incapaz de moverme. A mi lado está una señora con un niño pequeño. Se quiere subir a la silla y se golpea, comienza a llorar.

—Ya, chiquito, ya, no llores, le dice su mamá. Todo está bien, ven.

Lo sienta en sus piernas y comienza a mecerlo. Poco a poco el niño se tranquiliza. A mí nadie me dice: Ya, chiquita, no llores. Nadie me va a convencer de que todo va a estar bien. Imposible.

Magda me sustituyó en el hospital, me mandó a descansar pero no quiero cerrar los ojos. Quiero comprender este episodio y cerrarlo. No puedo enterrarlo como la tía hizo. Quiero saber qué fue de ese bebé. ¿Vino esa mujer y se llevó al bebé? ¿Fue y se la entregó mi mamá?

Mi mamá.

Tal vez la fruta no cayó lejos del árbol.

33

Niña, me tienes en shock. No sé ni qué decirte. No me lo hubiera imaginado, bueno, sí, tal vez sí ahora que te veo bien, pues tienes toda la finta de los que viven ahí mero: la piel quemada, la mirada filosa y, me vas a perdonar, pero el olor, ay, ese olor. No, si yo misma vi que te bañaste, pero supongo que tantos años ahí, pues, se te queda en la piel, hay que mandarte al baño un par de veces más. Oye, ¿te quedaste con hambre? Pásame el plato, te sirvo. Aquí todavía hay tortillas, agarra. Pásame el plato, te sirvo. Aquí hay más tortillas, agarra. Pero de una en una, chamaca, de una en una, si son todas para ti. Caray, el instinto de la sobreviviente es bien cabrón, Chiquitita, digo, Alicia. Si primero dabas miedo y ahora hasta ternura me das. Claro que te quedas aquí, por supuesto que te quedas aquí, vale más que te quedes aquí. Yo te voy a cuidar. Yo te voy a proteger. Yo no voy a dejar que nada te ocurra. No voy a permitir yo que nadie te agarre y te lastime y te haga cachitos, porque eso es lo que hacen ahora con muchachitas como tú, las agarran, las lastiman, las hacen cachitos, las dejan en el basur… ay, perdón, perdón, perdón, ¿qué estoy diciendo? Hasta se me sube la presión de oír todo lo que me contaste mientras comías. Yo no sé si hubiera podido resistir todo lo que tú. Lo de tu mamá, lo de… no, pero claro que era tu mamá aunque no lo fuera, mamá es la que te cría no importa si no te parió. Luego lo de tu padrastro y luego todo lo otro. Una pesadilla, te digo, una pesadilla. ¿Cómo que no es para tanto? Sí es para tanto, lo que pasa es que tú eres como una de esas personas que después de haber sido secuestradas ya no ven las cosas como son. ¿Cómo que quién te secuestró? Pues el basurero, don Chepe, la vida. Te tenían bien agarrada y por eso, por eso no te das cuenta de que lo que tú has vivido es infame, injusto, increíble para una niña como tú. Sí, ya sé que no eres una niña, pero yo te veo así. A lo mejor tú eres la familia que me salió en el tarot. Sí, tú. Es más, ya te veo como una hija. Me vale madre que no quieras madre. Tienes suerte porque yo soy a toda madre. Qué pendeja, hasta me hice reír yo sola. Pero no es momento para risas, no. Este pinche mundo, te digo, este pinche mundo nos ha quitado hasta eso, las ganas de reír. Este pinche mundo que está habitado por pura pinche gente. Esa gente, escúchame bien, Alicia, esa pinche gente es la basura de este mundo y no la que tiramos todos. Esa gente que no tiene alma ni corazón ni decencia ni nada de nada.

Ay, mírame, ya estoy llorando y yo qué. Si alguien tiene aquí derecho de llorar eres tú, con todo lo que has vivido, con eso de lo que escapaste. Pero vente que te abrazo. Vente te digo, ay qué rejega eres, muchacha, ven te digo. Ándale que dice la Rusa que mis abrazos son curativos. Ven para que te cure. Ay, chamaca pendeja, ya sé que no estás enferma, lo de curar es una metáfora. ¿Cómo que qué es una metáfora? ¿No que muy leída? Oye, tengo una idea, vamos a dejar que pase un tiempo. Vas a estar aquí encerrada sin que nadie te vea hasta que se enfríen un poco las cosas y luego voy a mandarte a la escuela, ya verás. Alicia, voy a hacerte gente de bien, no, no digo que no lo seas, pero gente de provecho, tú no vas a volver allá, ni tampoco te vas a quedar aquí, o sea, no para siempre, tú vas a hacer una mejor vida que todas nosotras, que la Bonita, que ese pinche viejo pendejo de don Chepe, que yo, que todas. Tú vas a tener la vida que te mereces y de eso me encargo yo.

Ay, no, yo necesito un trago.

No, ¿cuál salir? Eso no es opción, no para ti. Ni para mí, que voy a ser tu sombra al menos unos días. Si la Bonita te mandó conmigo es porque ella sabe que bajo mi cuidado nada malo pasa. Deja le llamo al Javier y le digo que me mande servicio a domicilio. Siempre me lo ofrece de todos modos. Ahora que habrá que ver si me hace caso porque estoy medio peleada con él, pero necesito uno de sus clamatitos y tú también. El Javier es donde me encontraste, sí, ese mero. Deja le llamo, mija y… ay, sí, ya sé que te llamas Alicia pero ya te dije que yo te siento como mi hija.

Mía.

34

Todo empezó cuando la gente se puso a decir que don Chepe era un sapo. No se lo decían en su cara, porque don Chepe, sapo o no, era don Chepe y era el patrón de todos. Pero lo pensaban y lo decían acá en corto. Yo también, yo también me di cuenta de que el pinche don Chepe era un sapo. Pero la neta nunca me detuve a pensar qué podía pasar, yo seguí con mi chamba como siempre, pero pues yo estaba chambeando para un sapo y eso quieras que no, te mete en pedos. Don Chepe se metió en pedos. Y eso que él a cada rato me decía: No le digas a una mano lo que haces con otra. Pero yo creo que de tanto repetírmelo a mí, se le olvidó recordárselo a sí mismo. Lo que pasó fue que don Chepe, tan rependejo, le contó a una mano de los negocios que tenía con la otra. La primera mano se enteró y le partió su madre. Ni modo que no se la partiera, si alguien te traiciona tienes que partirle la madre, eso lo sabemos todos, es una ley que aplica para el basurero y para el mundo entero. Pendejo el que no lo sepa.

Ese día había más neblina que de costumbre. Neblina de la que queda después de que los camiones de la basura tiran lo suyo y pasan por encima de lo que hay. Más que neblina, un polvo, una capa de polvo que a veces ni se siente y a veces como que te pica los ojos. Ese día la neblina picaba un chingo, raspaba y todo. Los camiones se fueron y no tenía ganas de esperar a los otros. Ya me iba a ir a mi cantón cuando lo vi. Estaba tirado, envuelto en una cobija como todos los otros cuerpos que de un día para otro aparecen ahí. Yo ni me iba a acercar, si algo sabemos es que a los muertos que aparecen en la basura es mejor dejarlos. Pero entonces otro camión comenzó a escucharse, se acercaba lentamente y el cuerpo se empezó a mover. Sacudió la cobija. Se destapó. Hizo esfuerzo por levantarse. Lo reconocí por su cabello blanco que se mezcla con negro y gris justo en la colita que lleva siempre a media nuca. Me apuré, corrí a ayudarlo. De pura pinche chiripa el camión no se vació justo ahí: entonces, adiós, don Chepe, entonces sí que bien muerto. Así le pasó a un niño, también a una señora, a un bato como de mi edad. La neta es que eso le ha pasado a un chingo de gente, pendejos que no saben cómo o dónde pararse cuando el camión suelta la cascada de basura.

Novatos, pues.

Don Chepe se me colgó del hombro. Su cara toda llena de mocos y sangre. Los ojos hinchados. Su cuerpo un trapo. ¿Pos qué le pasó, don? Le pregunté, y él solo echó un murmuro que ni él mismo entendía. Lo llevé a su casa. Cada tanto me paraba porque pesaba mucho. Le volvía a preguntar qué le había pasado, pero él nomás no abría la boca. La gente de por ahí nos vio, pero se hacía como que no, nadie se acercó para decir: Don Chepe, ¿está bien, necesita ayuda? Nadie. Una cosa es tenerle miedo a alguien y otra cosa es que te caiga mal, supongo. A lo mejor don Chepe solo me caía bien a mí, y hasta eso quién sabe. Yo no me pongo a pensar quién me cae bien y quién no. Yo a lo mío. Pero ese día, no sé, se me hizo gacho dejarlo ahí tirado como mierda de perro. Lo levanté, lo senté por ahí encima de unas piedras y me fui corriendo a buscar a los doctores, pero ya se habían ido. Pinches gringos, nunca están cuando uno sí los necesita. Sí, doctores gringos, cada semana van al basurero y… sí, esos meros. ¿Sus conejillos de qué…? No sé, no te entiendo, pero bueno, como no estaban, agarré fuerzas y como pude lo llevé hasta su casa a curarlo. Le hice un nescafé. Le limpié la sangre de la cara como la Bonita me limpió la mía aquella vez: con cuidado, en silencio, sin preguntas. Yo a lo mío.

Soy hombre muerto, repetía una y otra vez mientras le pasaba el trapo por encima. Soy hombre muerto, muerto. Hasta que me cansé de oírlo y le dije: Ay, don Chepe, si de veras lo hubieran querido matar no estaríamos aquí limpiándole unos cuantos trancazos, ya estaríamos planeando su velorio y ya habríamos matado dos perros para su barbacoa. Se lo dije para que se riera, pero no se rio.

Pinche Peluda, si serás pendeja. Tú no entiendes, me dijo, quieren que alguien me encuentre vivo para que esos sí me dejen bien muerto. Pero antes de dejarme bien muerto me van a torturar a la verga. Lo van a llevar despacito, van a disfrutar los culeros. ¿Ves por qué te digo y te digo que no le digas a una mano lo que haces con la otra, Peluda? No me lo diga a mí, le dije, yo no le digo nada ni a una mano ni a otra. Ni a usted.

No tuve miedo de decirle que lo que le había pasado le había pasado por hocicón, por no seguir su propio consejo. Don Chepe nomás asintió, se dejó limpiar un poco más hasta que, de pronto, me salió con que yo lo podía ayudar, no, más bien, que yo lo debía ayudar. Solo en ti puedo confiar, Peluda, tú tienes que ayudarme. Tú eres la segunda de a bordo y todo mundo lo sabe.

Segunda de a bordo su chingada madre.

Debí decirle que nel, que a mí en sus pedos no me metiera. Debí dejarlo que se curara él solo las heridas de perro atropellado y saliera él solo del desmadre en el que se había metido. Es más, debí dejarlo ahí tirado a que lo aplastara un camión, a que le cayera encima una tonelada o tres de desperdicio. En cambio, me paré en medio de toda su basura y casi me hundo en ella.

Tan rependeja.

Entonces don Chepe me pidió que… ¿Cómo? No entiendo, primero me dices que te cuente y luego mejor que no, decídete, Reyna, decídete.

35

—Tía Mayela es mi mamá.

—¿La tía qué?

—Es mi mamá.

Norma no ha acabado de llegar a casa. Me pregunta si descansé, si he comido, si quiere que me prepare algo. Ella no me entiende o no me cree. Vuelvo a relatarlo todo con más calma y aun así mi hermana duda. ¿Cómo culparla? Ni yo lo entiendo, pero lo creo. Estoy segura.

—La hija soy yo.

Mi hermana camina de un lado a otro mientras le relato en qué me baso para creer eso.

—Es una locura, Gris, debe haber otra explicación.

—Eran otros tiempos, seguro pensó que era la única salida.

La obligo a entender cómo me siento, a ver las cosas como yo, pero mi hermana no me hace caso. Le insisto:

—Siempre has dicho que soy su consentida, siempre has dicho que soy idéntica a ella, ¿lo ves? Soy como ella, soy ella.

—Bueno, sí, pero eso no significa que.

—La tía tuvo un bebé y se lo entregó a mamá, que me crio como a su hija.

—No lo sé, Gris. No se puede guardar un secreto tanto tiempo.

—Toda la vida me has dicho que soy idéntica a ella, que soy su consentida, he aquí por qué. La manzana no cae lejos del árbol, ¿no es eso lo que dices todo el tiempo?

Mi hermana dice que no con la cabeza y no deja de caminar de un lado a otro. Se acaricia el vientre, se detiene unos segundos y luego se sienta a mi lado. Jala mi mano hacia sí.

—¿Sientes?

Su bebé estaba pateando. Nosotras tratando de resolver todo esto de la tía y este bebé pateando. Se hace presente. Mi hermana me toma de la mano y dice:

—Si todo esto es cierto, si la tía tuvo una bebé.

—¿Qué?

—Igual y podría ser yo.

Nos miramos a los ojos, como si la otra estuviera tratando de encontrar ese gesto de la tía que nos explicara todo.

—A lo mejor fue mucho antes o después de que naciéramos.

—También puede ser que, en efecto, diera a esa bebé en adopción.

—Norma, la hija soy yo. Te digo que lo siento, así es. Por eso desde el inicio quiso quedarse con nosotras. Porque yo soy su hija.

—O yo.

—O tú, claro. Hagamos esto, solicito una prueba de DNA y así salimos de dudas.

Ni Norma ni yo nos damos cuenta de que Magda ha llegado a casa hasta que dice:

—¿Y por qué no simplemente le preguntan?

Aunque la iniciativa de Magda es buena, me da temor. Sería muy invasivo y duro para ella. Enfrentar la realidad. Admitir que ha mentido todos estos años. Antes de que siga con mi discurrir, mi hermana interrumpe.

—Creo que hay que intentarlo. En todo caso, lo peor sería que tú o yo fuéramos su hija.

—No, lo peor sería que ninguna lo fuera. Piénsalo, eso significaría que hay una niña de nuestra familia sin nuestra familia.

Nos quedamos las tres ahí, perdidas en nuestros pensamientos, incapaces de agregar nada.

—Remover el pasado nunca es tarea fácil, pero tienen que preguntarle.

—No sé, Magda, no sé.

—No tienen nada que perder.

Magda me da un beso en la frente y nos avisa que se va a dar un baño y descansar un poco antes de volver al hospital.

Norma me mira y mira a Magda irse. Como entendiendo y no. Yo no acierto a explicarle nada. Norma me mira por lo que parece una eternidad y luego toma mi mano, se reacomoda a mi lado. Descansa su cabeza en mi hombro y me dice:

—Todo va a estar bien, Gris.

36

Se te ve bien el pelo corto, ¿te gusta? Pues sí, claro que te sientes rara, si traías una enredadera ensortijada, mija. Te ves bonita y así con la cara más limpia de veras que me recuerdas a alguien, pero no sé a quién. Cambiaste mucho, nadie te reconocería, ni la Bonita. Si me dejaras ponerte un poquito de maquillaje. Ay, nomás un poquito. Colorcito en las mejillas, brillito en los labios. No, ¿cuál puta?, no te voy a maquillar como puta. Además ya te he dicho que no digas así, suena a insulto y no lo es. Ya sé, ya me has dicho mil veces que tú no quieres ser una de nosotras.

Ay, chamaca, hasta te pareces a mí, desconfiada de todo.

Y dale con la burra al trigo. Que no, que no puedes salir, ni asomar la nariz para ver quién se echó un pedo en la calle. No y no. Ponte a ver la tele o a leer, si estás aburrida lee. Ni le has echado ojo a los libros que te traje. Cómo que novelitas de mujeres, ahora hasta crítica literaria me saliste, cabrona. Bueno, si no quieres leer ponte a ver el techo, pero de aquí no sales. Mira, es más, puedes ayudarme a... Que no, que de puta no, ya sé, pinche chamaca necia. Yo estaba pensando que me ayudaras con las cuentas, pero síguele de mula y tu única chamba va a ser barrer y trapear.

Paciencia, necesitas paciencia, luego que pasen otro par de semanas y que esos tipos se vayan olvidando de ti vas a poder salir. Ya te dije que te voy a buscar una escuela. ¿Cómo que no? No, pues algo tienes que hacer, que tampoco te voy a querer aquí de manitas cruzadas. No, si no te estoy corriendo, nomás digo que… Mira, vamos a despertar a las muchachas con nuestros gritos y ahorita no tengo ganas de lidiar con ellas. Mejor aquí la dejamos. Ya va siendo hora del almuerzo así que sácate la cebolla y pícala, voy a hacer picadillo.

Todos los días checo los periódicos para ver si sale algo de ti o del tal don Chepe pero nada. Capaz que ya pasaste al olvido y yo aquí con mis nervios. Pero mujer precavida vale por dos, decía mi nana. Yo te prometo que nomás pasen unas semanitas vas a poder ir y venir. Puedo hablar con el Javier para ver si te da chamba con él. ¿Cómo que te cae gordo? Ni lo has tratado. Ah, pues sí, pero ese es un pleito entre él y yo, tampoco es para que estés tomando partidos. Yo en el Javier confío ciegamente. No, no te mira mal, nomás que es como de malos modos el Javier.

Ay, bueno, total si no quieres trabajar con él ya veremos qué puedes hacer. A ver, pásame esa cebolla y pica ahora este tomatito, nomás quítale ese cachito que ya está como aguado. Ya va siendo hora de hacer mandado, desde que llegaste ando como distraída. Ya hasta las demás se están poniendo celosas. Pinche chamaca, de veras que me sacas el instinto materno que no sabía que tenía. Sí, ya sé que no quieres tener una madre. ¿Listo el tomate? Muy bien, ahora hazte para acá que te voy a enseñar a hacer el picadillo como lo hacía mi nana. Primero se echa la cebolla a freír hasta que truene y luego… ¿Con el Javier? Pues es largo de contar. Oye, de esa puerta sácame el bote que dice pasitas. Sí, pasitas, el picadillo de mi nana es con pasitas. Fíjate que el Javier y yo estábamos en charlas de hacernos socios, pero como yo lo proponía era ser socios capitalistas y que él fuera nuestro rompehuesos, pero él lo que proponía es que le vendiera mi parte y trabajáramos todas para él. ¿Te imaginas, yo perder mi status de santa matrona de las descarriadas? Le dije que no, que él sería un socio silencioso, y no le gustó. Yo no sé para qué quiere ser jefe…

No te creas que se necesita mucho pero… ¿Cómo que qué es exactamente? Pues como se oye, tronar huesos. O sea, no literalmente, nomás se trata de que le rompas la madre al que esté molestando a las muchachas. ¿Tú la rompehuesos? Mmm, eso déjame pensarlo. ¿Cómo por qué? Pues porque usted, señorita, necesita quedarse aquí, encerrada. O ir a la escuela. No, cuál miedo, si sacas tu diploma de la secun puedes seguirte con la prepa y… Fíjate que así le hizo la Tijeras, nomás que ella en la prepa abierta, y vela, ahora está en esa escuela de contabilidad. No, pos no la has conocido porque ella vive aquí nomás a ratos. Tiene su depa, lo puso con su vieja, pero ahora que ella la dejó, pues lo más seguro es que se regrese tiempo completo para acá. La Tijeras quiere abrir un expendio. Pero ve tú a saber, era un proyecto que tenía con la Tere, su ex. Pero ahora quién sabe porque la Tere era la del contacto para… No, no puedes trabajar con ella. Primero, porque todavía no lo tiene y segundo, porque ya te dije que tú vas a estar aquí encerrada un tiempo más y luego derechita a estudiar. ¿Por qué? Porque lo digo yo, faltaba más. Estás bajo mi techo y bajo mi techo nomás mis reglas y no me eches esa miradita de pos entonces me voy porque no te vas a ir, digo, no te voy a obligar, pero ¿a dónde y para qué te vas a ir si aquí puedes estar bien a gusto?

Mira, ya está tronando la cebolla.

37

La tal Reyna se ha portado buena onda, me dio cuarto y comida a pesar de que no le conté ni la mitad de todo lo que pasó. Y es que al principio no me dejaba hablar, no le paraba el pico. Luego empecé a contarle y apenas estaba agarrando vuelito cuando me paró, shh, shh, shh, ya no me digas más, me dijo. Mejor no saber que ser cómplice. ¿Cómplice de qué?, le pregunté, pero no me contestó y me hizo ayudarla a cocinar. Está bien loca, quiere que haga todo con ella. No se me separa.

Me da de comer, me obliga a bañarme, me trae libros, me cuenta su vida. Estoy a gusto, no me quejo. Pero yo creo que no me voy a poder quedar mucho tiempo más. Como que a las putas no les gusta que yo esté aquí y ahora también ese tal Javier anda metiendo su cuchara. El otro día vino y ella le contó de mí. Y él: ¿Cómo se te ocurre? Meterte con esa gente es ponernos a todos en peligro y acuérdate lo que le pasó a la Cafre. Cafre, qué padre apodo. Se ve que traen pedos. La Reyna le mentó la madre y el Javier se fue. Eso sí, al final, le dijo: Deshazte de ella en cuanto puedas.

Yo como no supe qué hacer, en cuanto se fue el Javier, me paré y le dije a la Reyna: Yo creo que mejor me pinto, no vine a meter a nadie en mis pedos. Pero ella no me dejó ir. ¿Estás loca?, mejor vente, vamos a ver la tele y ya no hablamos del tema. Está raro, la neta debería irme, pero ¿a dónde y pa qué? Aquí hay comida y cama. Voy a aguantarme un ratito más.

Lo que sí no aguanto es el cuarto que me dio. Es todo rosa, como ese que me prometía el Rogelio, nomás que más grande que su imaginación. Huele a perfume, huele a recién lavado. Como que me marea, me da comezón, ganas de vomitar. Hasta el bote de basura está limpio aquí.

Sus cariños también me dan comezón, pero al mismo tiempo me gustan. El otro día mientras veíamos la tele me acarició la cabeza con una mano. Me puse chinita y no sé por qué me dieron muchas pinches ganas de llorar. Pero me aguanté. Te voy a cortar más esa greña, me dijo, es más, hasta te voy a pintar el cabello. Nadie te va a reconocer. Luego volvió con su necedad de verme los ojos bien cerca y dijo: Esos ojos almendra yo los he visto en otra parte, de veras que me recuerdas a alguien, Alicia. Yo ni le hago caso, se imagina un chingo de cosas esa Reyna.

A lo mejor tiene razón, a lo mejor tengo que disfrazarme para que nadie venga y me rebane la panza. A lo mejor tengo que ir a la escuela y aprender cosas. A lo mejor tengo que quedarme aquí. Pero pss. En las noches siempre me dice: Descansa, Alicia, descansa que ya estás en tu hogar. Pero cuál descansa, estoy con el ojo pelado.

No puedo dormir. No sé si es el olor. No sé si es la cama que está como muy aguada. No sé si es el ruido de la calle. No sé si es la música o el griterío que se escucha en la esquina. Pero no puedo dormir.

Algo me pica.

38

Antes de someter a alguien a una prueba genética, el laboratorista siempre lleva a cabo un consentimiento informado, es decir, debe explicar a detalle en qué consiste el proceso y las posibles consecuencias de los resultados antes de obtener un permiso. La prueba tiene noventa y nueve por ciento de fiabilidad. Así que se es o no se es.

Necesitamos hacer esta prueba. Necesitamos saber.

Todo es un desastre. Mi atención está en todos lados y en ninguno. Por cuestiones de seguridad el hospital ha puesto en pausa el trabajo de campo. Igual ha ocurrido con la tía, también por cuestiones de seguridad nos han dicho que es mejor que ni mi hermana ni yo la visitemos. La inquietamos demasiado, así que la tienen aún ahí, sedada y lejos de nosotras.

Le expliqué el proceso de la prueba de DNA a Norma pero ella propuso que esperemos un poco antes de hacerla.

—No sé para qué, igual la tía ni se va a dar cuenta y para ella no va a cambiar nada.

—Pero tal vez se abre y nos cuenta qué ocurrió.

—Si ha guardado este secreto por tanto tiempo, ¿qué te hace pensar que se va a abrir?

Desde que la trajimos a casa, tía Mayela no habla. Se la pasa en la cama, callada, a veces se entretiene viendo la tele, a veces solo se queda ahí, mirando a la nada. Le digo que tiene que levantarse y caminar un poco. No me contesta. Está sin estar.

La oigo llorar. Le pregunto qué le pasa, qué le duele, pero solo guarda silencio y se acurruca en su cama. Me pregunto si esto es parte de su enfermedad o son secuelas de la anestesia. Ocurre con algunos pacientes. Es posible que sea resultado de su psique, y que estos síntomas no sean sino una depresión postpartum. Es posible que la tía, dentro de todo, se esté hundiendo en esa cama sumida en culpa y dolor, como cualquier mujer que ha tomado la más difícil decisión de su vida.

Cuando no puedo dormir abro y cierro cajones en todos los muebles de la casa tratando de encontrar algo que sé que no está ahí. Un nombre, un papel, algo que me dé una vaga idea sobre lo que pasó con esa bebé. Hago lo mismo durante el día, cuando no estoy atendiéndola, hurgo en la vida de la tía.

Si tan solo las cosas se hubieran quedado como estaban. Magda y yo al tanto de la tía, Norma a full con el despacho, yo tenía mi proyecto y ahora tampoco tengo eso. Ni siquiera he tenido cabeza para averiguar qué fue exactamente lo que pasó. Henry solo mencionó que varios puntos estaban acordonados y que había cascos de balas. En las noticias se habla de un par de heridos pero Henry dijo que había heridos y muertos.

Pensé en Alicia, me preocupé, por supuesto, pero pronto llegué a la conclusión de que ella estaría a salvo. Ella que ya lo ha vivido todo dentro y fuera del basurero se ajusta a cualquier condición. Somos el resto los que no sabemos cómo estar bien con lo que tenemos.

39

Nada de levantarme la voz, que aquí la jefa soy yo. ¿Pos qué se traen? No, no, no. Están hablando todas al mismo tiempo y no las entiendo. A ver, tú, Serena, explícame de qué se trata todo esto. Párale a tu carro, mujer, estás hablando muy rápido y... Ah, por la chamaca. Debí haberlo imaginado, si no crean que no me he dado cuenta lo que se cuchichean y las miraditas que le echan a mi Alicia. Carajo, morras, si se supone que las adultas son ustedes y aquí están portándose como chamaquitas celosas por la atención de su mamá, hasta parece que se les olvidó que así fui con cada una de ustedes cuando llegaron. Es parte de su orientación, es parte del proceso de adaptación, ¿de veras ya se les olvidó?

¿Cómo que esto es diferente?, ¿diferente en qué? Todas y cada una de ustedes llegaron aquí, sí Rusita, tú también, tú y todas, todas llegaron aquí huyendo de algo, así fui con la Bibi y con la Larousse que fueron parte de esta familia. Las dos huían del pueblo, de la familia, del señalamiento y aquí encontraron refugio. Ya sé que ya no están, pero llegaron justo igual que Alicia. Pues sí, llegaron pidiendo trabajo, pero en realidad lo que pedían era auxilio. Serena, ¿no llegaste tú aquí porque el pinche bato ese con el que andabas y para el que taloneabas te pegaba? A ver, y ¿quién te ayudó?, ¿quién te cuidó? Pos yo. ¿Y quién le abrió las puertas de par en par a la Chula? Yo, Serena, yo lo hice y lo hice por ti, porque era tu recomendada. ¿A ti ya se te olvidó, Chula? Y mejor aquí le paro, que los favores los hice con el corazón, no para andar haciendo inventario y que resulta que todas me deben, aunque sí, la mera verdad, la mera mera verdad es que todas, todas y cada una de ustedes me deben, así que déjense de pendejadas.

¿Que yo qué? ¿Descuidar? Ah, ahora resulta que estoy descuidando el negocio que he cuidado por décadas. Tienen techo, ¿no? Tienen comida, luz, agua, teléfono, hasta el mugroso ese internet tienen, qué, ¿no?, ¿quién creen que lo paga? Pues sí, sale de su porcentaje, pero ¿quién va y paga a tiempo mes con mes?, ¿quién se asegura de que aquí…?

Aaah, pero… no, yo… no, no, no. Eso… Bueno, a ver, sí es cierto, ahí sí les doy la razón. Fue por mi descuido, por mi culpa. Ya sé, ya sé, no me lo repitan, ya sé que por no estar ahí a la Chula la atacó ese bato, pero tienen que entender la situación, a la chamaca no puedo dejarla sola, ella sí que tiene problemas graves y yo, yo le prometí ser su sombra. Por eso les dije que fueran con el Javier si… Sí, con el Javier, yo se lo dije, él va a ser nuestro rompehuesos por mientras que… ¿cómo así? No, él y yo quedamos en que… Ay, otra vez están hablando todas al mismo tiempo y no les entiendo ni madres.

Pinche Javier, les está calentando la cabeza nada más. No es peligro… bueno, la situación sí es peligrosa, pero ella no. Si yo pensara que ella es peligrosa ni la dejo entrar. Lo que pasa es que. Miren, por eso la tengo a la Alicia aquí encerrada todo el tiempo. No, Rusita, a mí no me hablas así. Ahora resulta que los patos le tiran a las escopetas.

¿Cómo que correr a la chamaca? Muchachas, les recuerdo que somos familia y que todas estamos en esto y que así como yo cuidé de ustedes y las enseñé a todas a cuidar las unas de las otras, así, así mismito nos toca ahora cuidar de la Alicia porque… ¿cómo que no?, ¿cómo que pinches no?

¿Ella o ustedes? Ay, qué mamada. Ustedes no están hablando en serio. No saben ni lo que piden, déjense de pendejadas y se me pintan todas pal carajo que ya está siendo hora de que nos vayamos a la esquina y… sí, claro que voy a salir hoy, para que vean que no solo soy la sombra de Alicia sino la de ustedes también, pinches putas celosas. Parece que se les olvida cuánto las quiero a todas y a cada una de ustedes. Ya, esta discusión está acabada. Un día nos vamos a reír todas de esto. Por lo pronto, la Alicia se queda, les prometo que yo vuelvo a ponerme al tiro y listo. Ahora, todas a ponernos guapas e irnos a trabajar.

40

Me levanta, me quita la cobija, me da palmaditas en la nalga. Me dice que ya es hora. Me pone una bata encima, me pasa unas chanclas, me lleva hasta la cocina y me sirve café, no me pregunta si quiero o qué quiero desayunar, nomás se pone a cocinar. Es bien temprano y la Reyna está vestida como si fuera a una fiesta. Pero no va a una fiesta, viene de una. Tiene días trabajando, yo creo que por el pleito ese que tuvo con las otras putas.

El olor a comida termina de despertarme. No de comida, sino el olor de sus chilaquiles. Reyna pone un plato bien atiborrado y hasta arribota le ha echado queso, crema y cebollita, el ingrediente máximo, dice. Le quedan bien ricos. Me los como en tres patadas a pesar de las protestas de la Reyna que dice que mastico como trailero y no como una dama.

Una dama, psss.

La cocina poco a poco se va llenando de cada una de las que viven aquí. Todas tienen nombres chistosos o exóticos. No me los he aprendido porque entre ellas se dicen baby o mija o chula o desta. Alguna dice: Primeras en bañarme, y las demás protestan. Luego deciden quién va segundas, quién terceras, cuartas, quintas. Todas piden su turno menos yo. ¿Y tú, me preguntan? Yo me bañé ayer, les digo, y una de ellas, la alta que no vive aquí pero que ahora se la vive aquí dice: ¿Ayer o el año pasado, pelona? Todas se ríen. Qué chistosa eres pelona. Pelona, así me dicen ellas.

Tijeras, la que me trae de encargo se llama Tijeras, me cae regorda porque además no es directa. Frente a la Reyna me habla bien, o me habla y punto. Pero a mis espaldas, se burla. No soy pendeja, yo sé que se burla de mí, yo sé que ella y las otras no quieren que viva aquí, pero me vale madre. Además, aquí la dueña es la Reyna y si ella dice que me quede, me quedo. Al menos hasta que me harte o haya pasado bastante tiempo y decida irme a la chingada.

Alguien prende la radio, alguien más canta, alguien más baila. No son ni las diez de la mañana y la casa ya es una fiesta. Comemos todas juntas, las putas bromean entre ellas, pero no conmigo y mucho menos con la Reyna. Una levanta los platos de todas, menos el de la Reyna. Otra le sirve otro chorrito de café a todas. Menos a Reyna. Ella no dice nada, pero a mí me da mucho coraje. No sé por qué, pero me acuerdo de ese día que yo arrastraba el cuerpo todo puteado de don Chepe y nadie me ayudaba.

Una a una se van a ver la tele, a sus cuartos, a lavar en la azotea. La Reyna me rellena la taza y me dice: Ahora a estudiar, señorita, y me pone los libros que le dieron en la escuela frente a mí. Matemáticas. Le digo que mejor Naturales. No, eso te sale fácil, mejor empieza con lo más difícil y ya mañana lo otro.

La Reyna me va a buscar una prepa, para que vayas como cualquier muchachita de tu edad, me dice. Le explico que estoy muy grande para ir a la escuela y me dice que ni tanto. Hasta novio puede que agarres. Le digo que yo no quiero novio y se ríe. Eso dices ahora. Pero yo no quiero, de veras que no quiero, le digo. Los novios te quitan el tiempo y te cogen y te dejan embarazada y yo no quiero eso. Me da un manazo: No hables así, chamaca. El manazo no me duele, nomás me da risa. Igual le alego, pero todas aquí dicen malas palabras. Pero ella solo me repite: A estudiar.

Yo nomás la oigo. No le insisto que no tiene caso estudiar ni Naturales ni Matemáticas. No le digo que nomás estoy esperando un poco más de tiempo para irme a la verga. No le digo porque la verdad tampoco sé a dónde me voy a ir. El basurero no es opción, pero hay otros. Los doctores esos hablaban también del basurero de Chihuahua que era más grande que este. ¿Qué tan difícil puede ser llegar allá? Y si no ahí, a otro, seguro hay algún otro, igual y en todos lados sobra la basura.

41

La tía no es mi mamá. La tía es mi tía. Hay una parte de la historia familiar que estará perdida para siempre y no hay nada que hacer al respecto. Ahora no reconoce a nadie y ha perdido vocabulario y el control de su cuerpo.

El día que la llevamos al asilo fue terrible. Norma y Magda tuvieron que hacerse cargo de todo porque yo estaba como, no sé, bloqueada. Un frío me recorrió la espalda, se instaló en mis manos y no encontré alivio.

La tía no se dio cuenta del cambio. Y si se dio cuenta, no tuvo palabras para decirlo. Dejó su casa, sus cosas, su vida; ahora estará con otras personas en su misma condición.

A la tía la comenzamos a perder cuando nos anunció su enfermedad y, sin embargo, apenas ahora comprendo lo que significa estar sin ella. Podré visitarla en el asilo, pasar la tarde con ella pero el desconocimiento será mutuo, como estar entre extrañas. Perder a la tía me ha hecho perder el control de mi vida. Al perderla me perdí a mí. Si soy quien soy por la tía, ¿quién soy sin ella? Mis estudios, mis proyectos, todos mis logros. Yo solo quería su aprobación, escucharle decir que estaba orgullosa de mí. Como si mi éxito fuera la prueba de que había hecho bien al adoptarnos.

—¿Cuánto de lo que he hecho ha sido realmente para mí y cuánto para tía Mayela?

—No importa, Gris. Lo que has hecho siempre ha sido por ella, por ti, y por mí.

—No sé, ya no sé.

—Mira, ahorita no lo ves, pero tu trabajo es fruto de *tus* intereses y, cuando te sientas mejor, podrás volver a ello.

Desde que dejamos a la tía en el asilo, Norma se ha instalado aquí en casa de la tía, dice que es porque el tamaño de su panza es más grande que su casa.

—Aquí puedo dormir a mis anchas, todo el colchón para mí. Tu cuñado lo agradece, créeme.

Pero yo sé que está aquí para cuidar este duelo.

He considerado extender mi permiso o simplemente renunciar a mi trabajo, irme de aquí. Pero no puedo hacerlo hasta que nazca el bebé de Norma. Es lo único que me queda, estar con ella, ayudarle un poco, cuidarla como ella ha cuidado de mí desde que todo esto inició.

Después tal vez me iré. Podría viajar. Podría mudarme a otra ciudad. O podría quedarme aquí y aprender quién soy.

42

Me lleva, me lleva mi puta rechingadísima madre. Era la Linda. Sí, esa que llamó fue la Linda. Pero me imagino que ya lo sabían, ¿no? Sí, era la Linda para decirme que o me deshago de la chamaca o me olvido de seguir aquí. No, no, no, ¿a dónde van? Nadie se me para de esta mesa hasta que aclaremos las cosas. A ver, hijas de su madre, a ver hijas de su pinche madre, hijas de su muy reputa madre, ¿quién de ustedes fue? Porque a huevo que fueron ustedes. Díganme, ¿quién fue?

Nada de cálmate, Reynita.

¿Quién de ustedes fue?

Quien haya sido, qué huevos, qué huevos de veras de irle a Linda con el cuento de que Alicia es peligrosa, de que está arriesgándonos a todas, de que… ay, y esa mamada de que estoy obsesionada con la chamaca, de que me volví loca y por eso la llamo hija, así me pagan, ingratas, ¿así?

¿Quién?, ¿quién de ustedes fue? Díganme ya. ¿Rusa? ¿Serena?

Ah, todas calladas. Ahora sí todas pinches calladas. Vale más que me digan quién de ustedes fue o si no me las madreo a todas, a todísimas. ¿Qué creen que porque soy una vieja cincuentona no puedo partirles el hocico? Claro que puedo, se lo parto, óiganme, se lo parto como a todos los cabrones que han querido pasarse de la raya con ustedes. ¿A poco ya se les olvidó?

Pinches culeras desgraciadas, pinches traidoras. La Linda viene para acá mañana y ¿saben cuánto hace que no viene la Linda? Años, aaaaaños. Y si viene y me quita mi puesto, entonces sí, entonces sí que olvídense de sus bonitas caras y sus preciosas narices porque se las voy a dejar molidas, cabronas, molidas, ¿me oyeron? A ver, a ver, Chula, habla más fuerte que no te entiendo.

Tijeras, ¿de qué está hablando esta pendeja?

No, no me vengas con que fuiste tú porque no te lo voy a perdonar, con todas las cosas que he hecho por ti. No, Tijeras, tú no. Te he curado, te he escuchado, te he sacado del bote, hasta del clóset te he sacado, pinche Tijeras. ¿Quién te abrió las puertas ahora que se cebó lo de tu expendio?, a ver, ¿quién? Dime que lo que está diciendo la Chula es mentira porque…

Y ¿por qué la Chula dice que…?

Pues sí, la Chula siempre anda confundida, pero. Entonces, si no fuiste tú, ¿quién fue?

¿Qué qué qué? No. No puede ser, si él…, no, ni madres, no puede ser, ¿por qué iba a…? Ah, ya estoy entendiendo. Ajá, ya lo estoy entendiendo. Todo esto es porque, porque le dije no a ser socios.

A huevo que es por eso. A huevo.

Qué poca madre, qué poca de veras. Qué rápido se le olvidó que yo estuve de su lado de la cancha todos estos años. Qué, no se acuerda que él llegó de la nada siendo nadie y yo le ayudé, yo le presenté a la Linda, yo le… Si llegó como mi Alicia. Igual. Llegó herido, golpeado hasta el culo sin saber qué hacer de su vida. Qué rápido se le olvida quién lo apoyó, quién le ayudó para que dejara una vida y entrara en otra. Es un romperme la madre esto que hizo. Pinche Javier, me las va a pagar. Yo puedo ser muy buena persona y puedo perdonar si me lo propongo, pero la traición, la traición esa sí que. A ver, pero ¿seguras, seguras que fue el Javier? No vayan a estar levantándole falsos y… porque, ¿cómo le llamó a la Linda, cómo consiguió su teléf…? Pinche Tijeras, si serás pendeja, ¿por qué se lo diste, por qué carajos se lo diste? No, pues, sí fue él entonces. Que se olvide de mí, que se olvide de nosotras, es más que se olvide de su negocito, pinche Javier, no sabe con quién se metió.

Pinche Javier, pinche puto Javier. Se va a arrepentir el cabrón, con la familia de la Reyna Grande nadie se mete. Van a ver lo que le voy a hacer, van a ver en la que voy a meterlo, van a ver, ustedes van a ver.

43

Fue la Tijeras. Yo la oí. Estuvo cuchicheando en la azotea con una de las otras y luego abrió su telefonito y marcó. Yo oí todo. Yo estaba en la azotea, ahí me voy cuando necesito estar conmigo nada más y lejos del dale que dale de la Reyna. De puro milagro no me vieron. Bueno, ¿cómo me iban a ver si estaban bien pinches ocupadas planeando su mamada?

Pensé en decirle a la Reyna, pensé en decirle: Fíjate que la Tijeras y la otra flaca esa, la que dices que no habla pero que cuando habla, habla, esas dos quieren quitarte tu lugar, te acusaron con tu jefa, le dijeron que las estás metiendo en mis pedos, la Tijeras quiere tu lugar. Pero no se lo dije.

Me acordé de eso de no le digas a una mano lo que hace la otra.

Yo sé que no es igual a lo de don Chepe, pero se le parece y mejor no meter la nariz.

Pero luego sí la metí.

La Reyna se creyó eso de que fue el Javier y estaba bien encabronada, estaba bien ardida, estaba que se la llevaba la chingada. Entró a mi cuarto y me dijo: Arregla tus cosas y yo: ¿Cuáles cosas? Pos estas, dijo, mientras sacaba las tres camisetas, los dos pantalones y los cuatro pares de calcetines que me dio ella. Nos vamos a ir de aquí, yo renuncio antes de que me corran, me oíste, renuncio.

Luego empezó a gritar: Me las va a pagar, me las va a pagar ese hijo de puta del Javier. Repetía. Abre el clóset y saca esa caja, dijo. La caja tenía unos billetes, no muchos, pero más de los que yo había visto juntos. No sé a dónde nos vamos, pero nos vamos, mija, nos vamos. Igual y ya estoy harta de este lugar. Igual y tengo dinero escondido por todos lados en este edificio. Agárrame este. Pásame esa bolsa. Mete todo aquí. Pinche Javier, me las va a pagar, no sabe con quién se metió. Le voy a dar donde más le duele, no sé cómo aún, pero le voy a dar en su madre.

La neta, no tenía nada en mente cuando le dije: Le deberíamos echar a los batos del diputado. Y la Reyna: ¿Cuál diputado? Pues el que me persigue. La Reyna se me quedó viendo sin entender. Le dije: Sus batos, sus batos sí que son buenos pa los trancazos y las venganzas y le pueden dar en su madre.

Lo dije por decir, pero funcionó al chingazo. Yo ya no tuve ni que decir ni hacer más. La Reyna empezó a dar vueltas por mi cuarto, se hablaba a sí misma, se decía: Piensa, Reyna, piensa. Vueltas y vueltas. Se sobaba las manos, así como lo hacen las villanas de las telenovelas que a ella le gustan, así mero. Luego se paró, se puso frente a mí y me pidió el nombre del diputado. Dibujó en su cara una de esas sonrisas que tú sabes que no son de alegría sino de otra cosa, una sonrisa que luego tuve ganas de hacer yo cuando me dio la mitad del dinero ese y me pidió que lo guardara en la misma bolsa con mis cosas.

No salgas del cuarto, enciérrate muy bien. Es más, si oyes un desmadre acá o allá en la calle, tú escóndete bajo la cama con todo y maleta. No salgas hasta que yo te diga, ¿me oíste, Alicia?

Aquí estoy bajo la cama. Afuera más que un desmadre se oye el tronar de unos vidrios, gritos, balazos. Afuera más que un desmadre se escucha lo mismo que se escuchó en el basurero el día que me escapé.

¿Cuánto más tendré que esperar? ¿Cuánto más para irme de aquí?

La Reyna dijo que vamos a tomar un camión, no dijo a dónde. Es más, sí dijo, dijo un camión para donde sea. Y puedo hacer eso, irme con ella en un camión para donde sea porque seguro que donde sea hay un basurero y seguro en ese basurero puedo volver a empezar y hacer mi reino otra vez. Seguro.

44

Me estaba soñando en el basurero. Estaba rodeada de esqueletos de autos, perros secos y muertos y una nube de moscas. Pero no se sentía el olor tan característico del lugar. Entonces sonó el teléfono. Era mi cuñado para decirme que iban camino al hospital. Mi hermana había comenzado la labor de parto.

—Ahí los alcanzo.

En el sueño yo caminaba por encima de un montón de cosas que crujían: plásticos, cajas de cartón, pedazos de madera. Tenía un palo largo en mi mano, estaba trabajando. Pero no como lo hacía en mi investigación, yo era como todos los de ahí. Buscando basura buena.

No, buscaba a alguien. Avanzaba moviendo cosas, avanzaba y tocaba las puertas de esas casas desvencijadas de paredes chuecas. Abría refrigeradores que descansaban empolvados afuera de esas casas. Yo buscaba y buscaba. Entonces, a lo lejos, oía una voz:

—No, Gris, no está ahí.

La voz me decía que yo estaba en el lugar equivocado. Le preguntaba en dónde debía buscar y nada, la voz se fue.

El teléfono otra vez, al bajar del auto se le rompió la fuente. Mi hermana en altavoz:

—Si se me hubiera roto la fuente dentro del auto, esta niña nace y te lo juro, Gris, ya tendría un castigo esperándola.

—¿Cómo te sientes?

Mi hermana, como la tía, como mi mamá, traerá al mundo una niña. Después de hacer muchas listas y darle muchas vueltas, ella y mi cuñado llegaron a un acuerdo con el nombre, se va a llamar Luz.

Mientras me arreglaba para ir al hospital, volví a mi sueño. O mi sueño volvió a mí. Ahí estoy vestida con ropa sucia y cansada de tanto buscar. Como ahora.

La verdad es esta, nunca vamos a saber qué movió a la tía y qué fue de su bebé. Debo dejar de rascar en los basureros familiares y asumir lo perdido.

Lo que me toca es concentrarme en esta niña que está por llegar y ser su tía.

Sí, es mi turno de ser la tía.

45

Agarra esa maleta, también esa otra. ¿Viste cómo le dejaron el lugar? Es como si hubiera pasado un huracán. Qué buena idea llamarle al diputado. Le rompieron su madre, de milagro no lo mataron. Pero si lo hubieran matado, pos ni pedo. Yo por mi familia hago lo que sea necesario. Haz de cuenta que una ametralladora hubiera pasado por encima de puertas, ventanas, paredes. Se lo ganó por hocicón, no, es más, me lo gano yo por confiar en él. Pero ya lo castigó Dios como a mí me castigó toda la vida. No hay nada en esta vida que quede sin cobrarse. Pásame esa otra bolsa, ahí vamos a meter… no, ¿sabes qué? No vamos a meter nada, que eso se quede aquí, que se lo metan por el culo, hasta la Linda que dice que dejará a la Tijeras como la matrona. Buena suerte con eso. Tira todo al piso, sí, te lo digo en serio. Tíralo: los zapatos, las blusas, los vestidos, las pelucas. Todo a la chingada. Vas a ver cómo se les va a caer todo este negocito y mientras tanto, tú y yo vamos a estar bien, no sé cómo, pero vamos a estar bien, vamos a buscar… vamos a… Ay, mija, se me está ocurriendo una cosa, se me está ocurriendo un plan buenísimo. Nos vamos a ir a Ecatepec, Alicia, a Ecatepec. ¿Qué importa que tú no sabes dónde está? Yo sí, ahí pasé los veranos, ahí crecí, ahí fui feliz, ahí están enterradas mi amá y mi nanita y ahí, ahí, mija, ahí tú y yo vamos a poner nuestro propio negocio, uno mucho mejor que este, uno lejos, lejos de este. Nuestros guardianes van a ser los cerros, ya te digo, el de Córdoba, el Chiquihuite, todos los cerros. Haremos que del lago de Texcoco vuelva a salir agua, ya verás. Progreso, mija, traeremos progreso. Y vamos a tener a muchachas más lindas que estas pinches brujas, ahí vamos a ser todas unas empresarias y todo mundo hablará de Ecatepec y lo vamos a hacer famoso y todo mundo va a querer nuestros servicios porque vamos a ofrecer los mejores del país.

Tú y yo, mija. Tú y yo nos vamos a ir de aquí y vamos a hacer nuestro reino allá.

Penguin Random House Grupo Editorial, S.A.U.
Travessera de Gràcia, 47-49
ECZ, 8021
ES
https://www.penguinlibros.com/es/content/1334-seguridad-de-los-productos
seguridadproductos@penguinrandomhouse.com
+34 93 366 03 00

The authorized representative in the EU for product safety and compliance is

Penguin Random House Grupo Editorial, S.A.U.
Travessera de Gràcia, 47-49
ECZ, 8021
ES
https://www.penguinlibros.com/es/content/1334-seguridad-de-los-productos
seguridadproductos@penguinrandomhouse.com
+34 93 366 03 00

ISBN: 9798890987372
Release ID: 156237614

www.ingramcontent.com/pod-product-compliance
Lightning Source LLC
LaVergne TN
LVHW041028150826
845672LV00001B/240

* 9 7 9 8 8 9 0 9 8 7 3 7 2 *